LOCUS

LOCUS

LOCUS

LOCUS

to

fiction

to 24 不流血

Senza sangue

作者：巴瑞科(Alessandro Baricco)

譯者：沈萼梅　劉錫榮

責任編輯：林毓瑜

美術編輯：謝富智

法律顧問：全理法律事務所董安丹律師

出版者：大塊文化出版股份有限公司

台北市105南京東路四段25號11樓

www.locuspublishing.com

**讀者服務專線：0800-006689**

TEL：(02)87123898　FAX：(02)87123897

郵撥帳號：18955675　戶名：大塊文化出版股份有限公司



總經銷：大和書報圖書股份有限公司　地址：台北縣三重市大智路139號

TEL：(02)29818089(代表號)　FAX：(02)29883028 29813049

排版：天翼電腦排版印刷股份有限公司　製版：源耕印刷事業有限公司

初版一刷：2004年1月

定價：新台幣150元

Printed in Taiwan

**國家圖書館出版品預行編目資料**

不流血／亞歷山卓.巴瑞科 (Alessandro Baricco) 作；
沈萼梅 劉錫榮譯.-- 初版--
臺北市：大塊文化，2003 [民 92]
面：　公分.--(To : 24)
譯自：Senza sangue
ISBN 986-7600-27-4 (平裝)

877.57　　92022315

# Senza sangue

# 不流血

Alessandro Baricco 著
沈萼梅 劉錫榮 譯

## 譯序

# 巴瑞科和他的新作《不流血》

亞歷山卓・巴瑞科於一九五八年生於義大利北方的工業之都杜林。他於一九九三年發表的《海洋，海》（獲維多雷久獎）是一本以描述驚險的海難、血腥的兇殺案和一波三折情未了的愛情爲主題的小說，其中的人物不是十分古怪，就是神秘莫測和滑稽可笑。他們似乎總是在夢想、期待或尋找著什麼。最後他們遇見了大海，他們的命運也到此了結。在聆聽他們的故事時，人們似乎也聽到了大海的聲音。他於一九九四年發表的第二部小說《憤怒的城堡》（獲坎皮利歐獎）以其獨特的風格和藝術表現力享譽義大利和歐洲各國。故事發生在十九世紀歐洲的某一個角落中，一個臆想中似眞非眞的小城。全書的構思和寫作模式別具一格，既是斷斷續續的故事片斷，卻又是人生的歷史長河：當初發現火車的童話，一個能聽到無限宇宙的男人，一個與一位不復存在的男人結婚的女人，一個身上帶有命運印記的孩童，一位天才建築師，有人一生只唱一種音符，有人每天只學一種東西，有人因疲憊而殺了人……該書能讓讀者饒有興味地在多種人物的夢幻、夙願和無窮的慾望中，去感受和領略十九世紀中葉，人類科技發明和藝術造詣所形成的那種令人振奮的氛圍，而且意猶未盡。正如作者自己所說：「發生的事情就像是一系列的問題。時間在分分秒秒、年復一年地過去，而生活始終在回答你。」第三部小說《絹》於一九九六年問世。作者「亞歷山卓・巴瑞科在開始寫《絹》的那個早晨，想像著世界上的全部文學都消失了……就像福樓拜曾想寫一本『什麼都不是』的書一樣……」(彼特羅・齊塔蒂，《共和報》)。所以，《絹》不像是本小說，也不是個故事，倒很像是一部歷史。描寫一個尋找蠶卵的商人，那個商人周遊了全世界，而後在一個刮風的天氣裏死在一個湖邊。他的名字叫哈維・強庫。至於湖的名字，人們不得而知。這三部小說在世界各國被翻譯成多種語言，引起了巨大的反響。

巴瑞科通曉音樂，曾發表過多篇音樂評論。以人物獨白為特色的《千九》(一九九四)是巴瑞科為劇團演出而寫的戲劇腳本，後又以《海上鋼琴家》為名拍成了電影，並以其巨大的成功而享譽全球。故事發生在兩次世界大戰之間，一艘名爲「弗吉尼亞人」號的遊輪穿梭航行在歐洲和美洲之間，船上有百萬富翁、海外移民和各種各樣的人，傳說，在「弗吉尼亞人」號遊輪上，冬天晚上都有一位非同尋常的鋼琴家在演奏，他的演奏技巧令人驚異，他能演奏出人們從未聽到過的一種奇妙無比的音樂。他的故事太不可思議，他曾是一個移民的棄嬰，是船上的一位老水手在紙板箱裏發現了他。在此後長達三十二年之久的時間裏，他從來沒有下過船。據說誰也不知道爲什麼。據說直到後來，「弗吉尼亞人」號遊輪在戰爭中被徵用來作爲流動醫院，最後因船體已千瘡百孔、破爛不堪，人們決定把這艘船沉入海底，他們在船內裝上了炸藥，準備把船拖到遠海炸沉。船上業已爲數不多的海員全都下了船，但是鋼琴家「千九」卻沒有，他與遊輪一起隨著沖天的濃煙和火光，葬身在波濤洶湧的海洋之中。

二〇〇二年問世的新作《不流血》中的故事既沒有確切的時代背景，也沒有具體的地點，其中的人物也沒有明確的背景和身份。整部小說展示了人性和非人性的較量和抗衡。復仇是人的本性，它既是醫治痛苦的良藥，但也是戕害心靈的毒汁。小說的第一部充滿了血腥的暴力，一開始就展示了三個復仇者，借著朦朧的月色在一所掩映在葱鬱的叢林中的農場裏，犯下了慘無人道的暴行：他們用衝鋒槍殺害了一位當父親的醫生和一個二十歲的男青年，而在備受傷痛折磨的父親痛苦的吶喊中，在被一陣子彈掃射打得血肉模糊的少年慘死的景象中，作者也勾畫出了另一幅美好恬靜的畫面：一個躲在地洞裏求生的小女孩，她「蜷曲著雙腿，白淨的肌膚，紅色短裙底下露出的雙腿……」。這打動了一位參與非人性暴行的少年純潔的心，使他領略到兒時在溫暖的被窩裏，在明媚的陽光下的那份溫馨。就在小女孩那毫無表情的眼神和平靜的呼吸中，人性戰勝了獸性，出於對純潔的生命和美好生活的嚮往，那少年本能地關上了地洞蓋子，呵護了那個小生命。

小說的第二部則是充滿了人間的溫情和關愛。第二部與第一部的時間跨度極大，相隔足有半個世紀。當年躲在地洞裏求生的小女孩如今已是鬢髮斑白的老人了，其間的一切變遷都是透過男女主人公的追述和回憶而展開的。面對當年曾參與殺害其父的幫兇，女主人公傾訴了自己的悲慘遭遇，男主人公也講述了自己的所聞所知，兩人各說各的，雖然說的都是同一件事，但出入甚大。作者在《憤怒的城堡》中曾這樣論述過人生：「儘管一個人追求的是一種生活，可是在別人的眼裏，他過的往往是很多種不同的生活，所以就往往無法避免自己受到傷害。」作者要警示告誡人們的是：「戰爭結束了，而很多人卻往往無法從戰爭的陰影裏走出來，無法融入幸福的家園之中。」戰爭是這樣，人與人，群體與群體之間無休止的爭鬥也是如此。作品結構嚴謹，第一部爲第二部埋下了伏筆，而且首尾呼應。那在地洞裏藏身的小姑娘的美好形象，像一幅畫似地深印在讀者腦海裏。

通觀巴瑞科創作的小說，其寫作特點之一，就是他的行文，猶如一本樂譜，往往在關鍵段落按音節把長句劃分成若干小段，這不僅無損於句子的完整意義，而且有助於渲染故事的氛圍和情節，像是逐字逐句地分音節朗誦，以達到強烈的藝術效果。再者，不時出現的不規則的分行和大寫字母，猶如樂譜中的重音符號和休止符號，則能烘托出人物的感情波瀾。

通曉音樂的義大利小說家巴瑞科，爲增加文字的音樂性和眞實性，還喜歡給小說中的主人公起個外國人的名字，而不是用義大利人的名字。這是他近年來創作的諸多小說的另一個特點。如，《千九》中用的是美國人的名字，《憤怒的城堡》中用的是德國人的名字，《絹》中用的是法國人的名字，《不流血》中用的是西班牙人的名字。也許這與作者在《論全球化》一書中所表述的思想有關。這位「全球化」的反對者即使在給作品中人物起名字的時候，似乎也要幽它一默，讓主人公的名字也來個「全球化」。

沈萼梅 劉錫榮 二〇〇三年十月於北京

導讀

# 可承受之輕

二〇〇二年十月，二〇〇三年十月。巴瑞科在新書《不流血》出版前夕及出版一週年，選擇了網路這個能見度最低的媒體跟讀者「見面」。聊天室有問答如下：

——最喜歡的導演？

——賽久・雷歐內（Sergio Leone）。

——你的寫作老師是誰？

——賽久・雷歐內。

賽久・雷歐內是西部電影經典作品《荒野大鏢客》的導演，因爲他，才有克林伊斯威特，因爲他，西部電影得以永垂不朽。

最叫人感到意外的應該是，賽久．雷歐內是義大利人，荒野大鏢客系列是在義大利拍的，電影裡面的西部場景、西部牛仔，都是不折不扣的 made in Italy。沒有白人跟印地安人的血腥廝殺，沒有馬群奔馳的激昂，克林伊斯威特皺著眉頭，帶著一絲無奈的笑容，沒有恨。那些發生在荒涼西部的人性故事，可以搬到世界的任何一個舞台上。巴瑞科也是如此，他的小說沒有地域限制，故事發生在每個人認爲應該發生的地方。

巴瑞科在上一本小說《城市》已經偷偷夾帶了西部夢，這一次得以完整實現。以雷歐內爲師，《不流血》前半段的簡潔俐落，完全是西部電影的風格與節奏：內戰結束後，勝利的一方夜訪仇家，馬坨．盧豪農場主人馬努埃爾．洛卡是敵對陣營的冷血殺手，和兒子死在尋仇者槍下，躲在地洞裡的小女兒尼娜則因爲一個年輕人的惻隱之心逃過毒手。是戰爭，仇恨、槍戰、快。

後半部的主角是頭髮已經花白的尼娜，在不知名的城市中找到當年的救命恩人蒂托。兩個老人重逢，對話中訴說著多年來積壓在心中的悔恨，藉著重新挖掘深藏的往事，在一段段暴力回憶中得到紓解，然後遺忘。是和平、回憶、對話、慢。

尼娜刻意揭開「歷史」的疤痕，卻意不在復仇，而是「……想重新回到孕育了我們的地獄，想生活在把我們從那個地獄裏救出來的人的身邊……想回到自己被摧殘過的地方，而且多年來夢想重現那一刻的那種本能的願望比什麼都更強烈。想到的只是誰救過我們一次，就會永遠救我們。那是一個深邃的地獄，我們就是從那裏來的。但突然，寬容之心油然而生。不流血。」從地獄走出來，忘不掉。或許唯有面對，才能讓一直靜靜滲著血的傷口完全癒合。

始於槍戰，結束於不流血，血債在旅館房間外霓虹燈的閃爍下畫上句號。前半部短短數十頁，鋪陳了一個國家的戰爭，一個家庭的破碎，後半部的數十頁，訴說的是輕輕放下的仇恨。

沒有嘶吼，沒有眼淚，輕薄短小的篇幅，映照出人間悲劇的沉重與無止境。

倪安宇

# 說明

這個故事所敍述的事實和人物純屬虛構，並非別有所指。人物多處選用西班牙人名，完全是爲了增加文字的音樂性，不該因此而對故事的時間和地點做牽強附會的聯想。

# 1

沉睡在鄉間朦朧夜色下的古老馬坨・盧豪農場，在晚霞的映襯下，像是用黑色雕塑出來的。那農場掩映在空曠原野中唯一的一片蓊郁叢林中。

四名男子駕駛著一輛舊賓士小轎車來到鄉下。道路是人工挖成的，路面乾裂——一條窮鄉僻壤的泥土路。馬努埃爾・洛卡從農場那邊看見了他們。

他靠近窗口。首先映入眼簾的是遠處玉米田附近掀起的滾滾塵埃。隨後，他便聽到了馬達的喧囂聲。那一帶沒人有汽車。這一點馬努埃爾・洛卡很清楚。他看到賓士車從遠處冒了出來，旋即又消失在一排橡樹後面。然後，他就沒再看下去了。

他回到餐桌旁，把手放在女兒頭上。你起來，他對她說道。他從口袋裏拿出一把車鑰匙，擱在桌上，並用頭向兒子示意。好，我馬上去，兒子說道。他們都是孩子，兩個孩子。

在山澗的叉道口，那輛舊賓士車佯裝遠離，沒有取道直奔農場的那條路，而是繼續朝阿爾瓦雷茲方向駛去。四個男子默默地趕著路。駕車的那個穿著制服式的上裝。坐在前面的另一個男人穿著奶油色的上衣，很熨貼。他抽著法國菸。開慢點，他說道。

馬努埃爾·洛卡聽到汽車朝阿爾瓦雷茲方向漸漸遠去的聲響。他們想矇騙誰呢？他想。他見兒子手裏拿著一支槍，腋下夾著另一支走進了房間。把槍放在那裏吧，他說。然後，他又轉身對女兒說。你過來，尼娜。你別怕。到這兒來。

穿得挺氣派的那名男子把菸掐熄在賓士車的儀錶盤上，然後叫駕車的男子把車停下來。就停這兒吧，他說。這馬達聲太擾人了，把火熄了。這時只聽得見手剎車的聲音，就像一根鏈條掉落在一口井裏似的。然後，就什麼都聽不見了。整個鄉下像是沉浸在死一般的寂靜之中。

最好直接到他那裏去，坐在後面的兩個人中的一個說道。現在，他會有時間逃走的，他說。他手裏有一支手槍。他只是個年輕小夥子。他們都叫他蒂托。

他逃不了，穿著講究的那個男子說道。即使逃走，也得讓他滿身帶著彈孔。我們走吧。

馬努埃爾·洛卡將好幾個裝滿水果的籃筐挪開，俯下身子，掀開一個地洞暗門的蓋子，往裏面瞧了一眼。那只是在地上挖出來的一個大洞。像是動物的巢穴。

—你聽我說，尼娜。現在有人要來，我不想讓人見到你。你得躲在這裏面，這是最好的辦法，你在這裏面躲著，等他們走了再出來。你聽懂我的話了嗎？

—聽懂了。

—你只需要安靜地躲在這下面。

—……

—不管發生什麼事情，你都別出來，你都別動，你只需要安靜地待著，等待。

——……

——一切都會過去的。

——我知道了。

——你聽我的沒錯。我可能得跟那些先生們走。你別出來，你哥哥來叫你時再出來，明白嗎？或者當你聽到上面再也沒有任何人了，一切都結束了之後，你再出來。

——我知道了。

——你得等到再也沒有任何人時才出來。

——……

——你別怕，尼娜，你不會有什麼事的。好嗎？

——好。

——親我一下。

小姑娘把嘴唇貼在父親的前額上。父親的一隻手撫摸了一下她的頭髮。

——一切都會過去的，尼娜。

然後，他呆在那裏，像是還有什麼話要說，或是有什麼事要做。

—我也不想這樣。

他說道。

—你要永遠記住，我也不想這樣。

小姑娘本能地望著父親的眼睛，想從中尋找出某種能幫助她明白的什麼東西。但她什麼也沒見到。父親朝她俯下身子，吻了吻她的雙唇。

—現在你去吧，尼娜。好吧，下去吧。

小姑娘溜到洞裏去。洞底又硬又乾。她躺在裏面。

—等一下，你拿著這個。

父親遞給她一條毯子。她把毯子鋪在地上，然後就躺下了。

她聽見父親在跟她說什麼，緊接著就看到暗門的蓋子壓上了。她閉上雙眼，又睜開。從暗門蓋板的縫隙透進來幾絲亮光。她聽見父親在繼續跟她說話的聲音。她聽見地板上挪動籃筐的聲音。下面變得更黑了。父親問了她什麼。她回答。她側身躺著，彎曲著雙腿，蜷縮著待在那裏，就像待在她自己的床上一樣，除了睡覺和做夢，沒有什麼別的可做。她聽見父親又俯身在地板上，在溫柔地對她說著什麼。然後，她聽見一聲槍響，還有一陣窗戶被砸得粉碎的響聲。

—**洛卡！……你出來，洛卡……別做蠢事，你出來。**

馬努埃爾・洛卡看了看他的兒子。他匍匐著朝兒子爬過去，小心翼翼的，生怕暴露目標。他伸手去取桌子上的那支步槍。

—你離開那裏，哎呀。你躲到木柴堆裏去。別出來，別出聲，什麼也別做。帶上步槍，裝好子彈。

男孩子盯著他看，動也不動。

—走啊。照我說的做。

但男孩卻朝他走近一步。

尼娜聽見頭上傳來一陣冰雹似的掃射房子的聲音。塵埃和玻璃碎片從地板縫隙間掉落下來。她一動不動。她聽見外面有人在喊叫。

—**那好，洛卡！我們可要來抓你囉？……我在跟你說話呢，洛卡。我可要來抓你囉？**

男孩站在那裏，毫無掩護。他拿起他的步槍，但沒有舉起。他把槍握在手裏晃動著。

—你走開—，父親對他說道，—聽見沒有？快離開那裏。

男孩子走近了他。他想跪倒在地上，讓父親抱抱他。他盼望的無非只是類似這樣的事。

父親把步槍對準他。說話的聲音很低，但語氣兇狠。

—快走開，否則我殺了你。

尼娜又聽見那個聲音。

—**最後警告，洛卡。**

一陣掃射。就像座鐘的擺錘左右擺動那樣，朝房子前後掃射。就像探照燈的光束在瀝青般漆黑的海面上緊密搜尋、不停地照射。

尼娜閉上眼睛。她緊裹著毯子，蜷縮得更緊，她把雙膝靠近胸部。她喜歡這樣待著。她感到身子下面那清涼的地面像是在保護著她——大地是不會背叛她的。她感到自己緊裹著毯子蜷縮的身體，就像一隻海螺——她喜歡這樣——就像是軟體動物體外包著硬殼用來保護自己一樣，那就是一切，一切都是爲了她，只要她一直保持那樣的姿勢，就沒有人能傷害她——她睜開雙眼，心想，還是別動吧，這樣是幸福的。

馬努埃爾・洛卡看著兒子消失在門背後。然後他稍稍抬高身子，以便能朝窗外看一眼。好吧，他想。他換個窗口，站起身來，迅速地瞄準後，開了槍。

穿奶油色衣服的男子咒罵了一句，隨即撲倒在地上。瞧這個狗雜種，他說道。

他晃了一下腦袋。瞧這個婊子養的。他又聽見從農場那邊傳來的兩聲槍響。之後，他聽見馬努埃爾·洛卡的叫喊。

**—薩利納斯，你這個王八蛋！**

穿奶油色衣服的男子朝地上啐了一口唾沫。有你的，狗雜種。他朝自己右邊掃了一眼，看見厄爾古雷蹲著，躲在一堆木柴後面冷笑。他示意厄爾古雷開槍。厄爾古雷仍在冷笑。他右手拿著衝鋒槍，左手在衣兜裏摸索著想掏菸。他似乎並不著急。他個子瘦小，頭上戴著一頂髒兮兮的帽子，腳上穿著一雙特大的登山鞋。他瞧了瞧薩利納斯。香菸找到了。他把菸叼在嘴上。大家都叫他厄爾古雷。他站起身來，開始掃射。

尼娜聽到頭頂上衝鋒槍朝房子瘋狂掃射的聲音。然後是一片寂靜。很快又是一陣更長時間的掃射。她睜著眼睛。她注視著地板的縫隙。她注視著亮光，以及從那裏落下來的塵埃。她時不時地看到一個黑影閃過，那是她父親。

薩利納斯匍匐著湊近木柴堆後面的厄爾古雷。

—蒂托進去得花多久時間？

厄爾古雷聳了聳肩。他仍在冷笑。薩利納斯掃了一眼農場。

—從這裏我們是怎麼也進不去的，要是他進不去，我們就糟了。

厄爾古雷點著菸。然後他說蒂托這孩子很機靈，他會成功的。他說他能像條蛇一樣爬行，一定沒問題。

接著，他說：現在我們得給他點顏色瞧瞧。

馬努埃爾・洛卡看見厄爾古雷從木柴堆後面出來，馬上趴倒在地上。立刻又是一陣長時間的掃射。我得離開這裏，他想。槍支彈藥。先得拿上槍支彈藥，然後匍匐著去廚房，從那裏再徑直逃到田野裏去。他們會不會在房子後面埋伏了什麼人呢？厄爾古雷可不是傻瓜，他會在那裏安排幾個人的。可是那邊沒有人開槍。要是房子後面有人，他們會開槍掃射的。也許並非厄爾古雷在指揮。也許是薩利納斯那個蠢貨。要眞是薩利納斯，那我就有辦法了。薩利納斯什麼都不懂。薩利納斯，你還是待到你的寫字檯後面去吧，那是你唯一能做的事情。你該等著讓人耍。但現在，首先是槍支彈藥。

厄爾古雷掃射著。

槍支彈藥。還有金錢。要是我能把錢也帶走就好了。我得趕緊逃跑，這就是我該做的事情。眞笨。他們有一輛小汽車和一支自動步槍。現在只要那人稍微停止掃射，我就拿著自動步槍離開。我眞得謝天謝地了，薩利納斯。

槍支彈藥。現在還得拿錢。

厄爾古雷掃射著。

尼娜聽到窗戶在機槍的掃射下被打碎的聲響。然後就是一陣掃射和另一陣掃射之間的片刻寂靜。在寂靜中，父親的影子在玻璃窗前晃動。她用一隻手整了整裙子。就像是一個手工師傅在專心一意地修飾自己的作品。她側身蜷縮著，開始一一糾正不完美的部位。她雙腳併放，直至感到小腿完全併齊，大腿也柔軟地併合在一起，兩個膝蓋像是兩隻斜放著的茶碗一個壓在另一個上面，兩個腳踝緊緊地併攏。她審視了一下兩隻腳上併放的鞋，它們就像豎著展示在商店櫥窗裏似的，你會說，那雙鞋是因爲累了才躺在那裏的。她喜歡那種井然有序的感覺。要是你是海螺，井然有序就很重要。要是你是貝殼動物，一切就得完美無缺。完美無缺會拯救你的生命。

她聽見持續了很長時間的機槍掃射聲停歇了。立刻就又聽到一個小夥子的聲音。

著他。

—洛卡，放下那支步槍。

馬努埃爾・洛卡轉過頭去。他見蒂托站在只離他幾公尺遠的地方。蒂托正拿手槍對著他。

—不許動，把那支步槍放下。

外面又是一陣掃射。但是蒂托沒有動，他仍站著待在那裏，手槍指著洛卡。在那陣雨般掃射之下，兩個人一動不動地待在那裏，兩眼盯著對方，像是一種屏住了呼吸的獨特動物。半躺在地上的馬努埃爾・洛卡，眼睛盯著那個毫無隱蔽、站在那裏的年輕人。他竭力想搞清楚他是個孩子還是士兵，這種場面他是經歷過無數次還是頭一遭，緊握著手槍的他，是個有頭腦的人呢，還是只是出於一種莫名的衝動。他看見手槍筒令人難以察覺地顫動，像是在空中胡亂地畫著字。

—鎮靜，小夥子—，他說。

他慢慢地把步槍放在地上。一腳把它踢到房間的中央。

—很好，小夥子—，他說。

蒂托一直盯著他看。

—洛卡，別說話。別動。

又射來一枚子彈。厄爾古雷很有辦法。小夥子在等著機槍掃射完畢，他沒有放下手槍，目光也沒有離開洛卡。槍聲停止後，他朝窗口望了一眼。

**—薩利納斯！我逮住他了。別開槍了，我逮住他了。**

片刻之後：

**—我是蒂托。我逮住他了。**

—他成功了，這傢伙—，薩利納斯說道。

厄爾古雷微微笑了笑，沒有轉身。他正注視著衝鋒槍的槍筒，那槍筒彷彿是他在空閒時用一根白蠟樹幹雕刻出來的。

蒂托借著窗外的光線在尋找他們。

馬努埃爾．洛卡把背靠在牆上，勉強地支撐著身子慢慢站起來。他想到揣在褲兜裏頂著他腰側的手槍。他竭力回想是否已裝上了子彈。他用手輕輕摸了摸。小夥子完全沒發現。

我們走，薩利納斯說。他們繞過了柴堆，直奔農場。薩利納斯就像在電影裏看到過的那樣，微微弓著身子走著。就像所有打仗的男人那樣，挺可笑：自己卻沒意識到。當他們正穿越打穀場的時候，聽到從屋子裏面傳來一聲手槍聲。

厄爾古雷跑步抵達農場門口，一腳踢開門。

三年前，他也曾這樣一腳踢開自家牛棚的門，然後走進去，看到他妻子吊死在屋樑上，他的兩個女兒被人剃了光頭，大腿上有血污。

他一腳踢開門，見蒂托站在那裏，正用手槍對準著房間的一個角落。

—我不得不這樣做，他有手槍—，小夥子說道。

厄爾古雷朝角落看了看。洛卡側身躺在那裏。一隻胳膊在淌血。

—我想他有手槍—，小夥子又說道。準是藏在什麼地方了，他補充說道。

厄爾古雷走近馬努埃爾．洛卡。

他看了看胳膊上的傷口。然後瞧了瞧那男人的臉。

—你好啊，洛卡—，他說。

他把一隻腳踩在洛卡受傷的胳膊上，使勁地踩。洛卡疼得叫起來，在地上直打滾。手槍從褲兜裏滑落出來。厄爾古雷俯身撿起槍。

—小夥子，幹得好—，他說道。蒂托會意地點了點頭。此時他才意識到自己的手臂還向前舉著，手裏的手槍依然對著洛卡。他把舉著槍的手放了下來。他感到自己扣著扳機的手指頭鬆開了。他的手疼極了，像是用拳頭擊打過牆壁似的。得忍住，他想道。

尼娜腦海裏想起了那支歌，開頭是這樣的：你數著雲彩，時機就會來臨。然後還唱到關於一隻雄鷹什麼的。最後她多次反覆地數著數，一個個地數，從一數到十。當然也可以數到一百，或是一千。有一次她曾數到兩百四十三。她想，她現在能不能從那裏站起來，出去看看那都是些什麼人、他們想幹什麼。她可以把整支歌唱完，然後就站起來。要是她打不開暗門蓋板，她就喊一聲，父親會來領她的。然而，她卻這樣待著，側身躺著，膝蓋蜷縮到胸口，腳上的鞋子一隻斜壓在另一隻上面，雖隔著粗糙的毛毯，臉頰仍能感受到地面的陰涼。她悄聲地唱起那支歌：你數著雲彩，時機就會來臨。

—我們又見面了，大夫—，薩利納斯說道。

馬努埃爾·洛卡看了看他，沒說話。他用一塊破布按著傷口。他們讓他坐在房子中央的一隻大木箱上。厄爾古雷在他身後某處站著，手裏緊握著衝鋒槍。他們讓小夥子蒂托把門：看住不讓外面任何人進來，蒂托還不時轉過身來，注意房子裏的動靜。薩利納斯在屋裏來回走著。他指間夾著一根菸。法國牌子的。

—你讓我失去了很多時間，你知道嗎？—他說道。

馬努埃爾·洛卡抬起頭來看了看他。

—你是瘋子，薩利納斯。

—走了三百公里路到這裏，把你從窩裏揪出來。好長的路啊。

—告訴我，你想要什麼，然後，你就走。

—我要什麼？

—薩利納斯，你要什麼？

薩利納斯笑了。

—我要你的命，大夫。

—你瘋了。戰爭已經結束了。

—你說什麼？

—戰爭已經結束了。

薩利納斯朝馬努埃爾・洛卡俯下身子。

—得由贏得戰爭的人來決定戰爭什麼時候結束。

馬努埃爾・洛卡搖了搖頭。

—你小說看太多了，薩利納斯。算了，戰爭結束了，你不懂嗎？

—不是你的戰爭。不是我的戰爭，大夫。

於是馬努埃爾・洛卡大聲吼叫起來，說他們不能碰他，否則他們都得進監獄，會被抓起來，會在牢房裏耗盡他們的餘生。他衝著小夥子喊著，說他是不是想在鐵窗後面慢慢地熬到老，爲了幾個十惡不赦的殺人犯煎熬一輩子。小夥子看了他一眼沒有回答。於是，馬努埃爾・洛卡朝他吼叫起來，說他是個白癡，說他們在矇騙他，在拿他的生命兒戲。但小夥子什麼也沒說。薩利納斯笑著。他望著厄爾古雷笑。他露出一副很開心的樣子。最後，神情又變得十分嚴肅，站在馬努埃爾・洛卡跟前，叫他趁早住嘴。他把一隻手伸進外套裏面掏出手槍來，對洛卡說，用不著他爲他們操這份心，不會有任何人知道的。

—你將會消失得無影無蹤，人們也不會再談論你。你的朋友們把你給拋棄了，洛卡。

而我的朋友們卻幹得正樂呢。把你殺了只不過是讓大家高興高興而已。你上當了，大夫。

—你們全是瘋子。

—你說什麼？

—你們全是瘋子。

—你再說，你再說，大夫。我喜歡聽你說我們是瘋子。

—薩利納斯，你可以自欺欺人。

薩利納斯打開了手槍的保險。

—那好，大夫，你聽我說。你知道在四年的戰爭中，我開過幾次槍嗎？兩次。我不喜歡開槍，我不喜歡武器，我從來不願意身上帶著武器，我並不以殺人爲樂，我是坐在寫字檯那兒打我的仗的，「劫持之王」薩利納斯，你還記得這個名號嗎？你的朋友們都這樣稱呼我，我一個挨著一個把他們收拾了，我破解了他們的密碼，我把我的密探安插在他們這些笨蛋身邊，他們小看我，而我卻把他們給耍了，戰爭就那樣進行了四年，但實際上我只開過兩次槍，一次是在夜裏，我在黑暗中開了一次空槍，另一次是在戰爭的最後一天，我朝我的兄弟開了槍

你給我

聽好，我們在軍隊到達之前，走進了那家醫院，想
進去把你們都殺了，卻沒有找到你們，你們早已經逃之夭夭了，是吧？你們事先已經聽
到風聲，就都脫下看守的號衣走掉了，那裏的一切都原封不動地留著，到處都是床，連
走廊裏也是，到處都是病人，但我記得很清楚，裏面聽不到任何呻吟和響聲，什麼都聽
不到，這我永遠忘不了，那是一種絕對的安靜，這種寂靜會降臨在我今後生活中的每一
個夜晚，我們的朋友都躺在那裏的病床上，我們正是要去解救他們的，但當我們到達那
裏時，他們只能默默地迎接我們，因爲他們連呻吟的力氣都沒有了，說實話，他們不想
再活下去了，他們不願意被解救，這是眞的，你們把他們折磨成那樣，他們只想儘快地
死去，不想被解救，情願被殺死

我在下面小教堂裏發現了我的兄弟，他躺在
一張病床上，在許多床位之間，他看我的眼光，彷彿我是遠方的海市蜃樓，我試著跟他

說話，但他不回答，我不清楚他是否還認得我，我俯下身，求他回答我，對我說點什麼，他睜大眼睛，呼吸十分緩慢，就像是處於臨終前漫長的彌留，我聽到他緩慢地在說「我求你」，我朝他俯下身去，那聲音是用一種超人的毅力說出來的，像是來自地獄，根本不像是他的，他原來聲音宏亮，說話時總像在笑，可這時，我聽到的完全是另外一種聲音，他先是十分緩慢地說「我求你」，片刻之後，他才說「你殺了我吧」，他的雙眼沒有表情，像是另外一個人的，他身子一動不動，只看見還在一起一伏緩慢地呼吸

我對他說，我要帶他離開那裏，一切都結束了，現在由我來安排，可他似乎重又墜入地獄之中，回到他剛剛來的地方。他說出了他要說的話，然後重又回到他的噩夢裡，當時我能做什麼呢？我想了想該怎樣帶他離開那裏，我環視了一下四周，想尋找幫助，我想帶他離開那裏，這是肯定的，但我木然地呆在那裏，再也無法挪動自己的身子，不知過了多長時間，我只記得我忽然轉過身去，看見在離我幾公尺遠的地方，埃爾勃朗科挎著衝鋒槍站在一張病床旁，他正把一個枕頭往躺在病床上的那個小夥子臉上按，

埃爾勃朗科哭著並使勁地按著枕頭，在寂靜的小教堂裏只聽得見他的抽泣聲，那個小夥子一動不動，也不出聲，靜靜地離開了人世，而埃爾勃朗科卻像個孩子似地哽咽著，然後拿掉了枕頭，用手指闔上那小夥子的雙眼，當時，他瞧了我一眼，他看我的時候，我正看著他，我真想對他說：「你在幹什麼？」但我什麼也說不出來。就在那個時候，有人進來說，軍隊就要抵達了，我們得趕緊溜。我感到不知所措，我不願意讓人在那裏逮住我，我聽到有人在走廊奔跑的聲音，於是我從我兄弟的頭底下抽出枕頭，在那裏溫柔地看了一會兒他那可怕的眼睛，我把枕頭按在他的臉上，朝他俯下身子，開始使勁地按，我用雙手在枕頭上按，幾乎都感覺到雙手底下我兄弟臉部的骨頭了。誰也不能叫別人做這種事情，任何人也絕不能要求我這樣做。我試圖堅持下去，但我忽然鬆開了手，把枕頭抽掉，我兄弟還在那裏呼吸，像是到地獄深處去貪婪地呼吸空氣，那情景可怕極了，他眼睛一動不動，發出嘶嘶的喘氣聲，我一直看著他，然後我發現自己在大聲喊叫，我聽到我喊叫的聲音，但那像是從遠處傳來的，像是一種單調的精疲力竭的呻吟，我都快要支撐不下去了。他就是這樣走的，當我發現埃爾勃朗科就在我身邊的時候，我還在喊叫著，他什麼也沒說，但在我喊叫的時候，他遞給我一支手槍。這時候，大家都在往外逃，就我們兩個待在那裏，他把手槍遞給我，我接了過來，用槍口頂著我兄弟的前額，那時我還不停地喊叫著，我開了槍。

你看著我，洛卡。我叫你看著我。在整個戰爭中我開了兩槍，第一槍是在夜間開的一次空槍，第二槍是近距離開的，朝著我的兄弟。

我要告訴你。我將再開一槍，最後一槍。

這時洛卡重又開始喊叫起來。

**—這不關我的事。**

—不關你的事？

—我跟那家醫院毫無關係。

—你還想抵賴？

—我只是按他們命令我的去做。

—你……

—當時我不在場……

—你胡說八道……

—我可以發誓，我……

—那可是你的醫院，狗雜種。

—我的醫院？

—那是你的醫院，你是治療他們的醫生，是你把他們都殺了，你把他們折磨得死去活來，把人送到你那裡去，而你把他們折磨得死去活來……

—我從來沒有……

—住嘴！

—我向你發誓，薩利納斯……

—住嘴！

—我沒有……

—住嘴！

薩利納斯用手槍筒頂住洛卡的膝蓋。開了槍。那膝蓋炸成一個爛水果似的。洛卡向後倒下，在地上打著滾，疼得直叫。薩利納斯就站在他身上，用手槍對著他，不斷地喊叫。

—我要殺了你，你明白嗎？我這就殺死你，狗雜種，我殺了你。

厄爾古雷朝前走了一步。把門的小夥子默默地看著。薩利納斯喊叫著，他那奶油色的衣服上面沾滿了鮮血，他用一種奇怪的聲音尖叫著，像是在哭泣。可能他已不會呼吸了。他狂喊著要把洛卡殺掉。然後，衆人聽到一個令人難以置信的聲音在輕輕地說。

—你們走開。

他們轉過身，看見屋子的另一邊站著一個男孩。他手裏拿著步槍，而且正瞄準他們。

他又低聲地說了一次：

—你們走開。

尼娜聽見他父親用嘶啞的聲音痛苦地呻吟著，後來又聽見了她哥哥的聲音。她想，她從洞裏出去後，要走到哥哥跟前對他說，他嗓子眞好，因爲她覺得那聲音確實好聽極了，那麼純正，而又稚氣十足，她聽到那聲音在緩緩地喃喃自語：

—你們走開。

—**他是誰……**

—是他兒子，薩利納斯。

—**你在胡說什麼呀？**

—他是洛卡的兒子—，厄爾古雷說道。

薩利納斯嘴裏喃喃咒罵，他吼叫起來，說那裏不該有任何其他人的，「**不該有其他人的，這究竟是怎麼回事，你們曾經說過沒有任何別的人的。**」他大聲地吼叫著，不知道該把手槍瞄準什麼地方，他看著厄爾古雷，然後又看著小夥子，最後看了看舉著步槍的男孩，並朝他吼叫，說他是個糊塗蛋，還說，要是他不立即把那該死的步槍放下，就甭想活著出去。

男孩默默地待在那裏，他沒有把步槍放下。

此時薩利納斯停止了吼叫。他喉嚨裏發出一種鎮定而又兇狠的聲音。他對男孩說，現在他應該已經知道他父親是個什麼樣的人了，現在他已經知道他父親是個劊子手，他害了幾十個人，他常常用他的藥品慢慢地毒死他們，他還將一些人的胸膛剖開，讓他們在那兒自己死去。他對男孩說，他親眼看見過有些年輕人從那個醫院出來時，腦神經都給燒壞了，他們吃力地行走著，不說話，一個個都像是癡呆兒。他說人們管他父親叫鬣狗，他的那些朋友們都是這麼稱呼他的，鬣狗，他們是笑著這麼叫他的。洛卡在地上痛苦地呻吟著。他開始發出喃喃的救命聲，這聲音像是從遠處傳來的——救命啊，救命啊，救命啊——一種持續不斷的哀求。他感到死亡已經來到眼前。薩利納斯看都不看他。他繼續對著那孩子說話。男孩子一動不動地待在那裏聽著。最後，薩利納斯對他說，事情已然到了這個地步，如今做什麼都晚了，手裏拿著步槍也沒有用。他疲憊不堪地望著男孩的眼睛，問他是否明白了他父親是個什麼樣的人，是否眞的明白了。他手指著洛卡。他想知道男孩是否明白了他父親是什麼樣的人。

男孩子腦海裏凝聚著他知道的一切，包括他對生活的理解。他回答說：

—他是我父親。

然後他開了槍。只開一槍。空槍。

厄爾古雷本能地回擊。一梭子的子彈把男孩從地上掀了起來，甩在牆上，撞得血肉模糊，鮮血淋漓。就像一隻在空中被擊中的小鳥，蒂托想。

薩利納斯趴倒在地。他躺在洛卡身旁。兩個男子相互對視了片刻。洛卡的喉嚨裏發出一聲可怕而又含糊不清的吼叫。薩利納斯在地上匍匐著往後退。他翻轉過身子，想避開洛卡的目光。薩利納斯開始全身顫抖起來。四周異常寂靜。只有那可怕的喊叫聲。薩利納斯用胳膊肘撐起身子，朝屋子裏面看了看。男孩的軀體緊貼著牆壁，被衝鋒槍打得血肉模糊，傷口咧開。步槍飛到了角落。薩利納斯看見那男孩仰著頭，看到他張著的嘴巴裏細白的牙齒，整齊而又潔白。他就這樣仰面朝後摔倒在地上。他眼裏看到的是天花板上成排的屋樑。深色的木樑。陳舊的木樑。他全身都在顫抖。他無法控制住雙手和雙腳，毫無辦法。

蒂托朝他走近兩步。

厄爾古雷示意他別動。

洛卡發出一種可怕的吼叫，瀕死之人的吼叫。

薩利納斯輕聲說道：

—讓他停止吼叫。

他一邊這麼說著，一邊竭力抑制著瘋狂般打顫的牙齒。

厄爾古雷看著他的眼睛，想明白他的意思。

薩利納斯的眼睛盯著天花板看。上面是成排的深色的木樑。陳舊的木樑。

—讓他停止吼叫—，他又說道。

厄爾古雷向前走了一步。

躺在血泊裏的洛卡吼叫著，嘴巴可怕地張著。

厄爾古雷把衝鋒槍槍筒抵住他的喉部。

洛卡頂著熾熱的槍筒，繼續吼叫著。

厄爾古雷開了槍。一陣短促的掃射。很俐落。是他在戰爭中的最後一次掃射。

—讓他停止吼叫—，薩利納斯繼續說道。

尼娜感到一種令人毛骨聳然的寂靜。她合起雙手，把它們夾在兩腿之間。她把膝蓋靠近頭部，身子蜷縮得更緊。她想，現在一切就要結束了。她父親會來領她走的，他們要一起去吃晚飯。她想，往後他們再也不會談到這件事，而且會很快把它給忘掉：她會這麼想，是因爲她是個小女孩，還弄不明白這一切到底是怎麼回事。

—小女孩—，厄爾古雷說道。

他用一隻胳膊攙扶著薩利納斯讓他站穩。他低聲地說道：

—小女孩。

薩利納斯露出一種困惑而又恐懼的目光。

—什麼小女孩？

—洛卡的女兒。既然男孩在這兒，那麼或許女孩也在。

薩利納斯嘀咕了幾句。然後猛地推開厄爾古雷。他靠著桌子站著。他的鞋浸泡在洛卡的血泊之中。

厄爾古雷向蒂托使了個眼色，然後朝廚房走去。當他從男孩跟前走過時，俯身闔上了孩子的雙眼。但不是像一位父親那樣。而像是一個從房間裏出來的人隨手把燈熄滅。

蒂托想到了他父親的眼睛。有一天，有人敲他們家的門。以前他從來沒有見過他們。但他們說要捎個信給他。然後他們就遞給他一個小布袋。他打開一看，裏面是他父親的眼睛。小夥子，你應該站在哪一邊，你看著辦吧，他們這樣對他說。然後，他們就走了。

蒂托看見臥室的另一頭擋著一塊布簾。他打開手槍的保險，走近前去。他拉開布簾。進了布簾後面的小屋。裏面亂七八糟的。椅子掀倒在地，大包小包的東西，勞動工具，還有一些籃筐，裏面裝滿爛了一半的水果。他聞到一股東西發黴的味道。因潮濕而發黴的味道。地板上的塵埃有些異樣：好像有腳劃過的印痕。或是什麼別的劃過的痕跡。

他聽到厄爾古雷在房子的另一邊爲了尋找暗門而用衝鋒槍敲擊著牆壁。薩利納斯大概一直靠著桌子在那裏顫抖。蒂托挪開了一個水果筐。他在地板上辨認出地洞的活動暗門。他用靴子使勁踩踏著地，想聽聽發出什麼聲響。他又挪開了另外兩個筐。一個精心開鑿出來的小小的活動暗門。蒂托抬起了目光。他從一扇小窗口看到，外面天已經黑了。他竟然沒有發覺已經是夜晚了。他想，該離開了。他掀開了洞蓋。裏面有一個小女孩，側身躺著，雙手藏在兩個大腿中間，貼近膝蓋的腦袋微微向前傾。她睜大著眼睛。

蒂托把手槍對準小女孩。

—**薩利納斯**！—，他喊叫道。

那女孩轉過身去，看了看他。她的眼睛是深色的，眼睛的線條很異樣。她毫無表情地看著他。她半張著唇，平靜地呼吸著。像是一隻躲在洞穴中的動物。蒂托看到她蜷縮在那裏的那種姿勢，身上重又感受到他兒時曾在溫暖的被窩裏，或在中午明媚的陽光下，曾千百次感受過的那種溫馨。小女孩蜷曲著雙膝，雙手抱著大腿，兩腳斜放著。她腦袋微微前傾，整個身子形成了一個圓圈。上帝啊，眞好看，他想。女孩的皮膚白白的，而且嘴唇的輪廓很完美。雙腿從一條紅色小短裙底下露出來，她就像是在一幅畫裏似的。那麼端莊。那麼完美。

的確如此。

女孩回過頭去，又回復到原來的姿勢。她把頭微微向前傾，身子形成了一個圓圈。蒂托見布簾那邊沒有人答話。時間已經過了好一陣子了，仍然沒有人答話。他聽見厄爾古雷在房子的另一邊，用槍托敲擊著牆壁。那是一種沉悶的響聲，一種小心翼翼的敲擊。外面天黑了。他放下暗門。慢慢地放下。他蹲在那裏待了一會兒，看看從地板縫隙是否看得見女孩。他本想好好思考一下。但他什麼也沒想。有時候，人如果太疲憊了，就無法思考。他站起身來，重又把水果筐放回原處。他感到太陽穴蹦蹦直跳。

夜裏，他們從房子走出來，像是醉鬼似的。厄爾古雷攙扶著薩利納斯，支撐著他朝前走。蒂托跟在他們後面。那輛舊賓士車停在某個地方等著他們。他們相互一言不發地走了幾十公尺。後來，薩利納斯對厄爾古雷嘀咕了幾句，厄爾古雷就往回朝農莊走。看來他並不心甘情願，但是他還是往回走了。薩利納斯靠在蒂托身上，叫他朝前走。他們走過木料堆旁，離開大道，上了一條通向田野的小路。四周鴉雀無聲，正因爲如此，蒂托沒能把心裏想說的話說出來，他原本決定要說的。裏面還有個小女孩。他疲憊了，而且當時也太寂靜了。薩利納斯停下了腳步。他全身都在顫抖，走起路來十分費勁。蒂托低聲地對他說了些什麼，然後轉身朝農莊那邊看了一眼。他看見厄爾古雷朝他們跑了過來。他見身後的農莊已是一片火海，衝天的火光劃破了夜空。到處都是濃煙滾滾，黑色的煙霧在夜空中徐徐上升。蒂托放開了薩利納斯，呆呆地在那裏望著。厄爾古雷趕上了他們，他沒停下腳步，說，我們走吧，小夥子。但蒂托仍一動不動。

—你做了什麼呀？—，蒂托說道。

厄爾古雷正想扶著薩利納斯走。他連著說了幾聲該走了。這時候，蒂托掐住他的脖子，衝著他的臉大聲吼道：「**你做了什麼呀？**」

—鎮靜些，小夥子—，厄爾古雷說道。

可是蒂托並不罷休，而且開始更大聲地喊叫起來：「**你做了什麼呀？**」他拼命搖晃著像一具木偶似的厄爾古雷，「**你做了什麼呀？**」他把厄爾古雷從地上提了起來，不停地推搡著他，「**你做了什麼呀？**」直到薩利納斯也大聲吼叫起來：「**行了，小夥子**」，他才罷休。他們像是三個被丟棄在一個業已收場的舞臺上的瘋子，「**現在，該收場了！**」

一座業已變成廢墟的劇場的舞臺。

最後，他們強行把蒂托拉走。大火的火光把夜空照得通明。他們穿過一片田野，沿著一條古老的水道一直走到大路上。當他們到達靠近停著舊賓士車的地方時，厄爾古雷拍了拍蒂托的肩膀，悄聲對他說，他幹得很好，現在一切都結束了。可是蒂托還是沒完沒了地重複著那句話。他沒有大喊大叫。他只是低低地，用一種孩子似的聲音喃喃的說。我們做了什麼呀。我們做了什麼呀。我們做了什麼呀。

沉睡在鄉間漆黑夜幕下的古老馬坨．盧豪農場，像是用火紅色雕塑出來似的。那原是空曠的原野上唯一一片蓊郁的叢林。

三天以後，一個男子騎馬來到馬坨・盧豪農場。他衣衫襤褸，蓬頭垢面。騎的是一匹老駑馬，瘦骨伶仃的。馬的眼睛裏長有什麼東西，蒼蠅都圍著流滀在鼻咀上的黃色膿液來回地爬。

那男子看見被煙熏黑的農莊四壁的牆頭，牆頭像是頹然矗立在一只已熄滅的大炭火盆中間，就像是一個老人嘴裏殘缺的牙齒。大火還燒毀了一棵多年來爲房子遮蔭擋陽的大橡樹。這棵仍散發著大火焚燒後焦味的大橡樹，活像是兀鷹的黑色利爪。

那男子待在馬鞍上。他繞著農莊信馬由韁地轉了半圈。他走近井邊，沒從馬上下來，他解開了水桶的吊繩並把水桶順到井裏。他聽到鐵桶汲水的聲音。他抬頭望了望那殘破的農莊。他看見一個小姑娘依傍著殘垣斷壁坐在地上。一張被煙熏黑的汚穢不堪的小臉上，一雙閃閃發光的眼睛一動不動地盯著他看。她穿著一條紅色小短裙。身上全是劃痕。或許是傷痕。

那男子把水桶從井裏提上來。水很濁。他用錫製的長勺攪動了一下，但水仍然是渾濁的。他舀了一勺，放到嘴邊，長長地呷了一大口。他看了看桶裏的水，把嘴裏的水又吐回到桶裏。然後把水桶和勺都擱在井沿上，腳跟使勁夾了一下馬腹。

他走近小女孩。那女孩抬起頭望著他。像是有什麼話要說。那男子端詳了她一番。她的眼睛、她的嘴唇、她的頭髮，然後向她伸出一隻手。那女孩站起身來，拉住了男子的手，順勢讓其拽起騎到馬背上，坐在男子的身後。老駑馬踢踏了幾下蹄子。兩次翹起了鼻咀。那男子嘴裏吆喝了句什麼，馬兒就平靜下來了。

當他們騎著馬，頂著灼熱的陽光起步離開農莊的時候，小姑娘前額抵在男子髒兮兮的背上，垂著腦袋睡著了。

# 2

交通信號燈轉綠，女子穿過馬路。她注視著地面走著，因爲剛下過雨，坑坑窪窪的柏油馬路上到處是積水，這不由得使人們想起，初春時節驟然下起的那種滂沱大雨。她身穿黑色短裙套裝，儀態端莊嫻雅。她看著地面上的積水坑，小心地繞著走。

她走到馬路對面的人行道，停下了腳步。傍晚時分，人們擠著匆匆趕著回家或是去玩樂。這女子喜歡感受城裏湧動的人流，她莫名地在人行道中間徬徨了一陣，就像是個突然被情人丟棄在那裏的女人。她也說不淸自己爲什麼會這樣。

後來她決定靠右邊順著人流的方向走。她緊拽著披在胸前的披肩，沿著商店的櫥窗從容地行走著。儘管上了年紀，白髮蒼蒼的她依然容光煥發，滿溢著青春的活力。銀白色的頭髮盤在後頸窩上，像年輕姑娘似的用一把深色梳子固定住。

她在一個家用電器商店前停住腳步，在那裏看了一會兒電視，銀幕上反覆地播放著同一個主持人播報的電視新聞。不過，色彩的變化多端倒也令她好奇。當開始播放某個處於戰事中城市的資料片時，她才離開，繼續行走在人行道上。她穿過梅迪納大街，然後走過迪維諾·索科爾梭小廣場。當來到兩旁商店林立的佛羅倫恰拱頂迴廊跟前時，她轉身，回望一直延伸到「七月十四日」大街的那幢大樓裏一排排的燈光。她停住腳步，抬起目光，像是在鐵鑄的半圓形拱頂上尋找著什麼。但她什麼也沒有看到。她往拱頂迴廊裏走了幾步，然後叫住一個路人。她歉意地詢問，這是什麼地方。那人告訴了她。她道謝，還祝他有個美好的夜晚。那人微微笑了笑。

她沿著佛羅倫恰拱頂迴廊走著，突然間，她看見乾淨明亮的迴廊左邊有個小亭子，離她有二十幾公尺遠。那是一個賣彩劵的小亭子。她繼續走了一會兒，當走到離亭子只幾步遠的地方時，卻停下了腳步。她看到賣彩劵的男子坐在那裏看報。他把報紙擱在他前面的什麼東西上，正在專心一意地看著。除了靠迴廊牆壁那一面外，亭子的其它三面都是玻璃做的。可以看到賣彩劵的男子和一束束從高處垂下來的彩劵條帶。亭子前面有個小窗口，賣彩券的人透過窗口跟人們說話。

這女子把垂落到眼睛上的一縷頭髮往後掠。她略微轉過身來，看著一個姑娘推著小車從一家商店出來。然後她又回過頭去看那個小亭子。

賣彩券的那個男子仍在看著報紙。

女子走近小亭子，俯身湊近小窗口。

—晚安—，她說。

看報的男子抬起了目光。他正想說什麼，但他看到那女子的臉龐時愣住了，沒再看下去。他就這樣呆在那裏望著她。

—我想買張彩券。

那男子點了點頭。然後說了一句不著邊際的話。

—您等了很久啦？

—沒有，怎麼啦？

男子搖了搖頭，仍然盯著她看。

—沒什麼，請原諒—，他說。

—我想買一張彩券—，她說道。

於是男子轉過身去，游移地來回摸著掛在他身後一縷縷的彩色紙條。

那女子指了指比其它都長的那一縷。

—那邊那條……您能不能從那條上取？

—這個嗎？

—是的。

男子扯下彩券。他看了看彩券的號碼，點頭表示贊許。他把彩券放在他和女人之間的那個木頭擱板上。

—這個號碼不錯。

—您認爲不錯嗎？

男子沒有回答，因爲他正注視著女子的臉龐，似乎正在她臉上尋找著什麼。

—您認爲這個號碼不錯？

男子把目光移到彩券上：

—是的，兩個八在對稱的位置上，而且兩邊的總數相等。

—這意味著什麼呢？

—如果您在號碼的中間畫一條線，左邊的數目總和與右邊的總和是相等的。一般來說，這種號碼有中獎的希望。

—您是怎麼知道的呢？

—這是我的本行。

女子微笑了。

—有道理。

她把錢放在擱板上。

—您不是盲人—，她說道。

—您說什麼？

—您不是盲人，對吧？

男子笑了起來。

—不是，我不瞎。

—奇怪……

—爲什麼我非得是瞎子？

—咳，那些賣彩券的人多半都是盲人。

—眞的嗎？

—雖然不儘然，但常常……我覺得人們喜歡他們是盲人。

—那是爲什麼？

—我不知道，我想，也許是跟人往往是盲目地碰運氣有關。

那女子這麼說著，然後笑了起來。她笑得很美，毫不做作。

—一般來說，他們也都是上了年紀的人，他們環視著四周的時候，就像關在動物商店櫥窗裏的熱帶鳥似的。

她很有把握地這麼說道。

然後她又補充道：

—您不一樣。

那男子說他確實並沒有瞎。不過年紀是大了。

—您多大年紀？—女子問道。

—我七十二歲—，男子說道。

然後又補充道：

—這工作對我挺合適，對我沒什麼困難，這是個好工作。

他低聲地說道。很平靜。

女子微微一笑。

—當然是的。我不是這個意思……

—這是我喜歡的工作。

—這我並不懷疑。

她拿起彩券，把它揣進一個時髦的黑色皮包。然後她往身後看了一眼，好像是怕掉了什麼東西，或是看看是否有別的人在等著買彩券。最後，她非但沒道別走開，反而說起了一件事。

—我在想，您是否願意跟我去喝一杯。

那男子剛把錢放進錢櫃裏。他的手懸停在半空中愣住了。

—我？……

——是的。

——我……不行。

女子望著他。

——亭子不能關，現在我走不開，這裏沒人幫我看著……我不行……

——只喝一杯。

——抱歉……我眞的不能這樣做。

女子點頭示意，像是明白了他的意思。但後來她又略微俯身向男子，說道：

——您跟我走。

男子還是說：

——請您別堅持了。

但她又說道：

——您跟我走。

那眞是一件挺離奇的事情。男子闔上報紙，從凳子上下來。他摘去眼鏡，把眼鏡裝入一個有灰色拭布的眼鏡盒裏。然後，他仔細地關上亭子。他動作有條不紊，慢條斯理地、默默地做著這一切，就像往常任何一個晚上一樣。那女子平靜地站在那裏等待著，似乎事情與她毫不相干，時不時地有人經過那裏，都要轉過身來看她。因爲看上去她像是個單身女子，又很漂亮。因爲她不再年輕，又像是孑然一身。男子關了燈。他放下亭子的立地金屬窗門，用一把鎖把門固定在地上鎖好。他穿上一件薄大衣，衣肩稍稍往下垂著。他走近女子。

—我收拾好了。

女子微微對他一笑。

—您知道我們可以上哪裡去呢？

—從這兒走。那兒有一家咖啡店，挺安靜的。

他們走進那家咖啡館，找了一張靠角落的小桌子，兩人面對面地坐下來。他們要了兩杯葡萄酒。女子向服務生要了幾支香菸。於是他們就抽起菸來。接著，他們談起一些不相干的事情，談到那些買彩券中獎的人。男子說他們往往保不住秘密，令人覺得滑稽可笑的是，一般他們第一個洩露秘密的對象總是小孩子。也許這裏面有某種寓意，但是他始終弄不明白究竟是何種寓意。女子說了些含有寓意的故事和不含寓意的故事。他們就這樣閒聊了一陣。然後他說他知道她是誰，並且知道她爲什麼來到這裏。

女子什麼也沒說。她在那裏等著他說下去。

就這樣，男子繼續說了下去。

—很多年以前，您看見三個人殘忍地殺死了您的父親，我是那三個人當中唯一還活著的人。

女子專注地看著他。但不清楚她心裡在想什麼。

—您到這裏來是找我的。

他平靜地說著。一點兒都沒緊張不安。

—現在你找到我了。

然後，他們默默地待在那裏，因爲他再沒有什麼可說的了，而她什麼也不說。

—我小時候名叫尼娜。但打從那天以後，一切都結束了。再沒有人用那個名字稱呼我了。

—……

—以前我挺喜歡尼娜這個名字的。

—……

—現在我有好多名字。不一樣了。

—起初，我記得我好像是在一所孤兒院。別的什麼也記不得了。後來，來了個名叫里查德・烏里貝的男子，他把我帶走。他是鄉間小鎮裏的藥劑師。他沒有妻兒，沒有親戚，什麼都沒有。他對衆人說，我是他的女兒。他到那個小鎮沒幾個月。人們都相信他。

白天，他讓我待在藥店的後屋。在顧客不來的空檔裏，他教我讀書。他不喜歡我獨自在外面閒逛，我也不知道爲什麼。他說，該學的東西，你可以從我這裏學到。晚上他坐在沙發上，並且讓我躺在他身邊。我把腦袋依偎在他的懷裏，聽他說故事給我聽。他說的都是些奇怪的打仗的故事。他慢慢地用手指撫摸著我的頭髮。我能感覺到他褲子布料下面的生殖器。然後他親吻我的前額，就讓我去睡覺。我有完全屬於自己的一間臥室。我天天幫他把藥店和家裏收拾得乾乾淨淨。我給他洗衣物，下廚做飯。他看上去是個好人。他總是很害怕，但我不知道他在怕什麼。

……

有一天晚上，他朝我俯下身來，吻了吻我的嘴。他就這樣不斷地一邊吻我，一邊把手伸進我的裙子底下，在我全身上下撫摸。我什麼也沒做。然後，他突然放開了我，開始哭泣起來，並且央求我寬恕他。他忽然顯得十分恐懼。我不明白是怎麼回事。幾天之後，他告訴我，他替我找了個未婚夫。是噶爾灣河道的一個年輕小夥子，住得離我們不遠。他是個泥瓦匠。一旦我到了結婚的年齡，我就得嫁給他。第二個星期天，我就去廣場上見他。他是個漂亮的小夥子，個子又瘦又高，很瘦。他行動緩慢，也許他有病，或是有什麼毛病。我們相互道別後，我就回家了。

……

這是個平常的故事。他爲什麼願意聽呢？

男子想，她是在以一種奇怪的方式講述著。好像是在做一種她並不習慣的動作。或者說，她說的並不是她自己的語言。她目光茫然，似乎在尋找著合適的詞語。

—幾個月以後，在一個冬天的夜晚，烏里貝從家裏出來，朝里維埃拉走去。那是一個夜總會，裏面可以賭博。烏里貝每星期都去，總是同一天，星期五。那次他賭到很晚。後來他手裏拿著一張撲克紙牌J，他面前是一只放了許多錢的盤子，那些錢比他一年之中見到的都多。那是他跟托雷拉維德伯爵之間的一次豪賭。別的人下賭注只放一點錢，輸贏無所謂。可是伯爵特別執拗。他不停地下大筆的賭注。烏里貝對自己的牌很有把握，就跟在他後面出牌。他們賭到一發不可收拾的地步。伯爵把他的「美景山莊」作爲賭注放在賭盤上。夜總會裏，人們都屏住了呼吸。您喜歡賭博嗎？

—我不賭博—，男子說道。

—那樣的話，我不相信您能懂。

—您試試看。

—您不會懂的。

—沒關係。

—一切似乎都凝固了。當時全場鴉雀無聲，這種氣氛您無法理解。

女子解釋，「美景山莊」是當地最漂亮的山莊。一條兩旁長滿桔子樹的林蔭道直達山坡頂部，從那裏可以看到海洋。

—烏里貝說他沒有美景山莊那樣値錢的東西可以下注。他把牌撂在桌上。於是伯爵說他還可以用藥房下注啊，然後，他像個瘋子似的哈哈大笑起來，周圍一些看熱鬧的人也跟著他笑了起來。烏里貝微笑著。一隻手還壓在牌上。像是要與它們告別了似的。伯爵重新變得嚴肅起來，他身子朝桌子前傾，看著烏里貝的眼睛，對他說：

—您還有一個漂亮的女孩。

烏里貝沒有立即明白。他感覺到所有人的目光都落在他身上，他無法清醒地思考。伯爵索性向他說白了。

—美景山莊抵你的姑娘，烏里貝，這筆買賣很公平。

他把他五張扣著的紙牌都放在桌上，就在烏里貝的鼻子底下。

烏里貝盯著那些紙牌看，沒有碰它們。

他低聲地嘀咕了幾句，但誰也沒告訴我，他說了些什麼。

然後，他把桌子上的紙牌朝伯爵推了過去。

當天夜裏，伯爵就把我帶到他那裏。他做了一件令人意想不到的事情。他等了我十六個月，當我滿十四歲的時候，他娶了我。我給他生了三個兒子。

……

要瞭解男人是很難的。伯爵在那天夜晚之前，見過我一次。他當時坐在咖啡館裏，我正穿過一個廣場。他詢問旁人：

—那位姑娘是誰？

人們告訴了他。

外面又開始下起雨來了，這樣，咖啡館就都坐滿了。得要大聲說才能讓對方聽得清楚，或者要相互挨得很近。男子對女子說，她講話的方式很奇怪，像是在說另一個女人的事情似的。

—您這話是什麼意思？

—您說的事情像是跟您毫無關係似的。

女子說，恰恰相反，這一切對她至關重要。她說她懷念自己身上發生的每一件事情。不過，她是用一種冷酷的聲音說著，不帶任何傷感。於是，男子沉默了一會兒，望著周圍的人。

他想起了薩利納斯。在殺害了洛卡兩年之後的一個早晨，人們發現他死在自己的床上。有人說他心臟有什麼問題。後來又傳出消息說，是他的醫生毒死了他，每天給他下一點毒，慢慢地，延續了好幾個月。一種緩慢的瀕死狀態。很殘酷。人們對事情進行過調查，但毫無任何結果。那個醫生名叫阿斯塔爾特。他用一種能退燒的藥品和針劑在戰爭中賺了點錢。他是在一位藥劑師的幫助下發明的。藥名叫波特恒。藥劑師名叫里查德・烏里貝。在發明這種藥的時候，他在首都工作。戰爭結束後，警察局開始調查他的事。他們先是在爲耶那醫院提供藥品者的名單上找到他的名字，後來有人說看見他就在那家醫院裏工作。但很多人說他是個好人。他被傳到審訊室之後把一切都說了出來，當他們釋放他之後，他就帶著自己的東西躲到南方鄉下的一個偏僻小鎮裏。他買下了一個藥店，重操舊業。他獨自跟小女兒朶爾切生活在一起。他說她母親幾年前去世了。大家都相信他。

就這樣，藥劑師烏里貝把馬努埃爾・洛卡的那個倖存下來的女兒尼娜隱藏了起來。男子茫然地環視著四周。心事重重。

是小孩子特有的殘忍，他思量著。

正因爲我們以如此暴力的方式把地球搞得天翻地覆，所以才喚醒小孩子特有的殘忍。

他又朝那女子轉過臉去。她正在看著他。他聽到她的聲音在說：

—他們叫您蒂托，是嗎？

男子點頭承認。

—先前，您從來不認識我父親？

—……

—……

—可我知道他是誰。

—眞的是您先向他開槍的嗎？

男子搖了搖頭。

—重要的是……

—當時您二十歲。您是最年輕的。您才打了一年的仗。厄爾古雷像對待兒子似的對待您。

隨後女子問他是否還記得那一幕情景。

男子呆在那裏望著她。這時候，他才終於從她的臉上重新又見到了那個躲藏在地洞裏的小女孩的臉龐，她是那麼天眞無邪、那麼完美無缺，那麼無可挑剔。他從女子的眼睛裏看到了小女孩的那雙眼睛，看到了那種面對殘暴鎭定自若、竭力保持自身完美的驚人的力量。當初躲在地下的那個小女孩曾轉過身子朝他看了一眼。那個小女孩現在就坐在那裏。飛逝而過的時光令人暈眩。我這是在哪裡呀？男子自問道。這是現實還是在當初？我覺得自己以往從來沒有一刻像現在這樣過。

男子說他仍記憶猶新。好像多年來，他什麼事都沒做，只記得發生過的這一切。

—多年來，我一直捫心自問，當初我該怎麼做才對。而最後，實際上我沒有跟任何人洩露過眞相。我從來沒有把那天晚上您躲在地洞裏的事情告訴過任何人。您也可以不相信，但的確如此。開始，我不說自然是因爲害怕。但後來時間一久，事情就不一樣了。

人們不再提及戰爭，人們想往前看，他們根本不再關心過去發生過的事情。似乎一切都已被永遠地埋葬了。我開始想，最好把一切都忘了。甭管它了。但是，突然傳說洛卡的女兒還活著，在某個地方，人們把她藏在南方的一個小鎮裏。我不知道該怎麼想。她能從那個地獄裏活著出來，我覺得簡直不可思議，但是小孩子的事情眞說不準。最後，有人見到了她，並發誓說的確就是她。於是，我就明白自己永遠擺脫不了那種干係了。我擺脫不了，別人也擺脫不了。我就很自然地開始問自己，那天晚上在農莊裏她究竟看到和聽到了什麼。她會不會記得我的臉龐。面對當時那種情景，一個孩子頭腦裏會想什麼，那也是件十分難以揣測的事。大人們有記憶，有正義感，經常還有報復的心理。可是一個小女孩呢？在相當一段時間裏，我深信不會發生什麼情況的。可後來薩利納斯死了。死得又那麼奇怪。

女子一動不動地聽著他說。

他問她是否願意他繼續說下去。

—請繼續—，她說道。

—傳來的消息說，這跟烏里貝有關。

女子毫無任何表情地望著他。她的雙唇微微張著。

—也許那是巧合,不過肯定是挺奇怪的。人們逐漸深信那個小女孩一定知道些什麼。現在，當然令人難以明白，可是那是在奇怪的年代裏發生的。在戰爭結束後，家鄉以令人難以相信的速度在突飛猛進，把過去的一切都拋在腦後。但很多人卻又無法從戰爭的陰影裏走出來，無法融入那幸福的家園之中。我就是那些人中的一個。我們都是那些無法走出戰爭陰影的人。對我們來說，什麼都沒有結束。那個小女孩就是個隱憂。我們對此談論了很久。事實上，薩利納斯的死誰都無法接受。於是，最後大家決定，得設法幹掉那個小姑娘。

我知道這似乎是個瘋狂的舉動，但實際上一切都十分符合邏輯：很可怕，卻很有邏輯。大家決定除掉她，並責成托雷拉維德伯爵動手。

男子停了一會兒。他看著自己的手。似乎在重新整理記憶。

—托雷拉維德伯爵在戰爭期間要弄兩面派。他爲他們那幫人工作，但他是我們當中的一個。他去找烏里貝，問他是想因爲殺害薩利納斯去坐牢，還是把女孩子留給他，從此銷聲匿跡。烏里貝是個膽小鬼。他只求太平無事，只求任何法庭都別把他牽連進去。

但他仍很害怕，於是就溜之大吉了。他把小女孩留給伯爵，自己走了。十幾年以後，他死在境外的偏遠的小鎭。他留下字條，說他沒有幹過什麼壞事，還說他的敵人即使到了地獄，上帝也不會饒了他們的。

一位靠在咖啡館櫃檯旁的女孩發出咯咯的笑聲，女子回過頭去看她。然後她收起搭在椅背上的披肩，圍在肩上。

—請您繼續—，她說道。

男子繼續說了下去。

—衆人都指望伯爵能除掉那女孩。但他沒有那麼做。他把她養在家裏。大家跟他說，他得把她殺了。但他什麼也沒幹，繼續把她藏在他家裏。最後他說道：你們不該過問小女孩的事。他娶了那個女孩。在那一帶，差不多好幾個月，人們幾乎都不談論別的，但後來人們漸漸不再想這件事了。姑娘長大後，給伯爵生了三個孩子。當地從來沒有人見她出來過。人們都叫她「太陽女」，因爲那是伯爵給她起的名。人們說到關於她的一件奇怪的事。說她不說話。說她從來沒有說過話。從烏里貝領養她的那個時候起，就沒有人聽她說過一句話。也許那是一種病。也許，很簡單，她生來就這樣。可不知爲什麼，人們都怕她。

女人微微笑了笑。用一種少女的動作把頭髮往後一甩。

因爲時候不早了，服務生來問他們是否在那裏進餐。又進來了三個人，落座在咖啡館的一角，他們開始奏起音樂。他們演奏的是些舞曲。男子說他不餓。

—我請您—，女人微笑著說道。

男子似乎覺得很荒謬。但女子一再堅持。她說他們可以吃一塊點心。

—吃塊點心怎麼樣？

男子點頭表示同意。

—那好，那就一塊點心。我們來一份點心。

服務生說那主意不錯。後來又補充說，他們願意待到什麼時候都可以，不必覺得過意不去。服務生是個年輕小夥子，說話的口音怪怪的。他們見他朝櫃檯走去，對著裏面

from vision to fiction

大塊 LOCUS 文化

謝謝您購買這本書！

如果您願意，請您詳細填寫本卡各欄，寄回大塊文化（免附回郵）即可不定期收到大塊NEWS的最新出版資訊及優惠專案。

姓名：________ 身分證字號：________ 性別：□男 □女

出生日期：____年____月____日 聯絡電話：________

住址：________

E-mail：________

學歷：1.□高中及高中以下 2.□專科與大學 3.□研究所以上

職業：1.□學生 2.□資訊業 3.□工 4.□商 5.□服務業 6.□軍警公教 7.□自由業及專業 8.□其他

您所購買的書名：________

從何處得知本書：1.□書店 2.□網路 3.□大塊NEWS 4.□報紙廣告5.□雜誌 6.□新聞報導 7.□他人推薦 8.□廣播節目 9.□其他

您以何種方式購書：1.逛書店購書 □連鎖書店 □一般書店 2.□網路購書 3.□郵局劃撥 4.□其他

您覺得本書的價格：1.□偏低 2.□合理 3.□偏高

您對本書的評價：(請填代號 1.非常滿意 2.滿意 3.普通 4.不滿意 5.非常不滿意)

書名____ 內容____ 封面設計____ 版面編排____ 紙張質感____

讀完本書後您覺得：

1.□非常喜歡 2.□喜歡 3.□普通 4.□不喜歡 5.□非常不喜歡

對我們的建議：________

________

________

105

台北市南京東路四段25號11樓

大塊文化出版股份有限公司 收

廣告回信
台灣北區郵政管理局登記證
北台字第10227號

地址：
市／縣
鄉／鎮／市／區
路／街
段
巷
弄
號
樓

姓名：

(請寫郵遞區號)

某個看不見的人高聲吆喝著顧客點的點心。

—您常來這裏嗎？

—不常來。

—是個漂亮的地方。

男子環顧四周。他說是挺漂亮的。

—這些事情都是您的朋友們對您說的嗎？

—是的。

—而您相信？

—相信。

女子低聲地說了些什麼。然後她要求男子把故事講完。

—說它有什麼用？

—您說下去吧，我拜託您。

—那不是我的故事，是您的故事。您比我瞭解得更清楚。

—那可不一定。

男子搖了搖頭。

他又看著他自己的雙手。

—有一天，我乘火車來到美景山莊。已經過去很多年了。我晚上睡得著了，我周圍的人都不再叫我蒂托了。我心想自己總算熬過來了，戰爭眞的結束了，唯一要做的只有一件事。我乘火車來到美景山莊，想對伯爵講明地洞和女孩子等一切事情。他知道我是誰。他對我很熱情，他把我帶到圖書館裏，請我喝酒，並問我需要些什麼。我說：

—那天晚上您在馬坨・盧豪農場嗎？

他說：

—不在。

—就是馬努埃爾・洛卡被殺的那天晚上……

—我不知道您在說什麼。

他十分平靜地、幾乎是親切和藹地說。他很有自信。他從不懷疑自己。

我明白。我們又談了一會兒工作，甚至也談到政治，然後我站起來就走了。他讓一個小男孩送我到火車站。我記得很清楚，因爲他大概就十四歲左右，不過他開車，他們任由他開。

—卡洛斯—，女子說道。

—我記不得他叫什麼名字了。

—他是我的大兒子。卡洛斯。

男子正想再說些什麼，但這時服務員把點心送來了。他又端上來一瓶葡萄酒。他說這是種配點心喝的好酒，不妨品嘗一下。然後還講了一些關於他老闆娘的俏皮話。女子笑了，笑得前仰後合的，要是多年前她躲在洞裏時這樣做，就會保不住性命的。但是，男子似乎沒看見她，因爲他正在回憶往事。服務生走開後，他又開始說下去。

—那天，在走出美景山莊之前，當我走過長長的走廊時，看到那些關閉著的門，我心想，她一定就在那所房子的某個地方。我會很高興見到她的。我沒有什麼好對她說的，但在相隔那麼多年之後，我會很高興再最後見她一面。我走在走廊上時，眞是那麼想的。這時候，發生了一件怪事。那些關著的門中有一扇突然開了。就在那一刹那間，我絕對肯定她會從那扇門裏出來，她將一言不發地從我身旁走過。

男子微微搖了搖頭。

—可是什麼也沒有發生，因爲生活中總是有令人感到缺憾的地方。

女子手指間夾著小勺，她望著擱在盤子裏的點心，好像是在考慮從哪裡下勺似的。

不時有人從桌子旁邊走過，朝他們兩個看一眼。他們是一對奇怪的男女。他們倆的言談舉止不像是相互認識的人。可他們說話時卻湊得很近。女子的穿著打扮像是爲了取悅這男子。但他們手上都沒戴戒指。你可以說他們是情人，但也可能是多年以前的情人。抑或是兄妹，誰知道。

—關於我，您還知道些什麼？—，女子問道。

男子頭腦裏也想問她同樣的問題。但他已經把話說開了，並且明白自己希望能把事情說清楚，也許他多年來就在等著這一刻，在一家燈光朦朧的咖啡館裏，在一個角落有三個音樂家演奏耳熟能詳的小步舞曲的氣氛中，把事情和盤托出。

—十幾年後，伯爵在車禍中喪生。留下她帶著三個孩子和全部財產居住在美景山莊。

但親戚們並不願事情就這樣結束。他們說她瘋了，不能讓她單獨帶著三個孩子生活。最後，事情鬧到了法院，法官最終判決親戚們勝訴。於是，他們把她從美景山莊帶走，把她託付給桑坦德爾的一家私人診所的醫生們。是不是這樣？

—您說下去吧。

—好像是她的三個兒子做了不利於她的證詞。

女子擺弄著手裏的小勺子。勺子觸到盤子邊緣時，發出叮叮的響聲。男子繼續說了下去。

—兩年之後，她從診所逃走，消失得無影無蹤。有人說是她的朋友們幫她逃出去的，並且把她藏在什麼地方。但是認識她的人卻說，她根本沒有什麼朋友。他們找了她好久，然後也就算了。人們不再談起她。很多人認為她已經死了。消失得無影無蹤的瘋子多的是。

看著點心盤子的女子抬起了目光。

—您有兒女嗎？—她問道。

—沒有。

—爲什麼？

男子回答說，要養兒育女得對這個世界有信心。

—那些年裏，我在工廠幹活。就在北方。人們告訴我那些有關她的故事，有關診所和她逃跑的事情。他們對我說事情發展到這一步，說不定她已經沉屍在某條河底，或者陳屍在某個斜坡上，抑或是在某個流浪漢遲早會發現她的一個地方。他們對我說，一切都結束了。我什麼也沒想。得知她瘋了的那個消息令我十分震驚，我記得自己還琢磨過她得的是哪一種瘋病：是不是滿屋子轉著吼叫，或是乾脆蹲在角落裏，一聲不吭地在數著地板上的木條，也許她手裏還拿著一根小細繩或是一隻歐鴿鳥的腦袋。如果不瞭解瘋子的話，對瘋子的想像往往是很可笑的。

然後，他沉默了好一陣。之後又說：

—四年後，厄爾古雷死了。

他又沉默了一陣。好像他突然覺得很難再講述下去。

—在他的牛棚裏，他們發現他背部中了一顆子彈，臉朝下，埋在牛糞裏。

他抬起目光望著女子。

—人們在他的衣兜裏找到一張字條。字條上寫著一個女人的名字。是您的名字。

他在空中輕輕地劃了個字。

—「太陽女」。

他把手重新放在桌上。

—的確是他的筆跡。那名字是他事先寫好的。「太陽女」。

身後的三位音樂家按著彈性速度，悠揚地演奏起一種華爾茲舞曲。

—打從那天起，我開始等待她。

女子抬起頭，凝視著他。

—我明白，沒有任何力量能阻止她，總有一天她也會來找我。但我從來不相信她會從我身後開槍殺我，或者派遣某個根本不認識我的人來殺我。我知道她會來的，她將會面對面地看著我，而且她一定會事先跟我談一談。因爲那天晚上是我把那個地洞活門打開後又關上的。這她是忘不了的。

男子又遲疑了一陣，然後說他還有唯一想說的一件事。

—我一生都嚴守著這個秘密，像是我的心病。我該當跟您坐在這裏。

然後，男子就沉默不語了。他覺得心臟跳得厲害，好像都跳到手指尖和太陽穴了。他想，他坐在一家咖啡館裏，前面是一位瘋老太太，她可以隨時隨地站起身來把他殺了。他深知自己不會做出任何舉動來阻止她那樣做的。

戰爭結束了，他想。

女人環顧四周，不時地掃一眼空盤。她不說話，在男子講完之前，她一直凝視著盤子。人們會以為她是獨自一人坐在桌旁，是在等待著什麼人。

男子靠著椅背放鬆地坐著。現在看上去，他更加的瘦小和疲憊。他像是從遠處注視著女子那游移在咖啡館和桌子上的目光：她的目光無處不到，但就是不落在他身上。他意識到自己身上還穿著那件外套，於是他把雙手伸進衣兜裏。他覺得外套的領子勒著他的後頸，好像他往兜裏塞了兩塊大石頭似的。他想到了周圍的人們，覺得很可笑，在那種時刻，居然沒人能意識到正在發生什麼事。難得見到兩位老人坐在一張桌子旁，也很難直覺到在那種時刻，他們之間什麼事都可能發生。然而事情恰恰是這樣。因爲她是個幽靈，而他則是一個早在很久以前就已給自己的生命畫上句點的人。他想，那些人要是一旦知道這件事情的來龍去脈，就會驚恐不已。

然後，男子看見那女子的目光變得炯炯有神。

他捉摸不透女子此時在想什麼。

她不動聲色，臉部沒有任何表情。只是她的眼睛凝視著某個地方。

莫非那是在哭？

他還想，他可不願意讓那麼多人看著他死在咖啡館裏面。

然後，女子開始說了起來，她說的就是人們傳說的那些。

—烏里貝掀開了伯爵的紙牌，用手指緩慢地搓開，一張一張地看。我不相信他在那種時刻會想到自己正在失去什麼。他是在想望他贏不到的東西，這是肯定的。我對他來說並不特別重要。他站起身來，頗有禮貌地與對方道了別。誰也沒笑，誰也沒敢說什麼。誰也沒見過賭場裏面賭牌的人，手是那樣的。現在，請您告訴我：爲什麼這件事情的經過跟您剛才對我講述的有那麼大出入呢？

——……

——……

——……

——我父親是一個了不起的人。您不這樣認爲嗎？爲什麼呢？爲什麼這件事情跟您所說的有那麼大的出入呢？

——……

——儘管一個人追求的只是一種生活，可是在別人的眼裏，他過的卻是很多種不同的生活，這也正是人們無法避免自己受到傷害的原因。

——……

——對於那個晚上所發生的事情，我是一清二楚的，但是我幾乎什麼都不記得了，您知道嗎？當時我在地板底下，我看不見，我聽到一些什麼，但我所聽到的是那麼的荒謬，像是一場夢。而那個夢在那場大火中已消逝得無影無蹤了。健忘是小孩子的一種特殊天賦。但後來有人全都告訴了我，於是我都知道了。他們會不會是對我撒了謊？我不知道。我根本不可能自己琢磨這件事。那天晚上你們闖進來，您向他開了槍，然後薩利納斯又向他開了槍，最後厄爾古雷把衝鋒槍管捅進他的喉部，並且用一陣短促而俐落的掃射讓他的腦袋開了花。我是怎麼知道的呢？是厄爾古雷講給我聽的。他很愛講那件事。他是個畜生。你們都是畜生。在戰爭年代裏，你們男人都像是畜生，上帝怎麼能寬恕你們呢？

—別說了。

—您瞧瞧自己，看上去好像是個正常人，您穿著破舊的外衣，當您摘下眼鏡，把它們整齊地放在灰色的眼鏡盒裏。您喝東西之前會擦擦嘴，您那個小亭子的窗玻璃也擦得乾乾淨淨的，您穿馬路時還左顧右盼，您是個正常的人。可是您卻眼看著我哥哥活活地死掉，他只不過是個手裏拿著一支步槍的小男孩，一陣掃射，他就死在那裏了，他什麼也沒有做，我的上帝呀，當時他僅僅只有二十歲，他不是一個無用的老人，是一個年僅二十的小夥子，而且他什麼也沒有做，您願意幫我個忙嗎？您給我解釋一下，這一切怎麼可能發生呢？這種事情居然實實在在地發生了，並不是一個病人的噩夢，而是一樁確實發生過的事情，您說說這怎麼可能呢？您有辦法給我解釋清楚嗎？

—當時我們都是戰士。

—這話什麼意思？

—當時我們是在從事一場戰爭。

—什麼戰爭？當時戰爭已經結束了。

—可對我們來說沒有結束。

—對你們來說沒有結束？

—您什麼也不知道。

—那就把我所不知道的告訴我吧。

—當時我們相信，會有一個更美好的世界。

—這話什麼意思？

—……

—這話什麼意思？

—當時沒有退路了，當人們開始相互殘殺後，就再也不能後退了。我們本來也不想搞到那種地步，是別人先開始挑起來的，然後就不可收拾了。

—什麼叫做一個更美好的世界？

—一個充滿正義的世界，在那裏弱者不會因別人的惡行而蒙受痛苦，在那裏誰都有享受幸福的權利。

—可是您相信嗎？

—當時我當然相信，我們所有的人都相信，人們可以實現這個心願，而且我們知道怎麼去實現。

—當時你們都知道嗎？

—您覺得這聽起來很奇怪嗎？

—是的。

—可是，當時我們都知道這一點。而且我們正是爲了那種理想，爲了能夠實現正義的事業而戰鬥的。

—甚至不惜對孩子們開槍？

—是的，如果當時有必要的話。

—您到底在說什麼呢？

—您不懂。

—我懂，您給我解釋一下，我就會明白了。

—就像土地一樣。

—……

—……

—……

—不先犁地無法播種。先得打碎土塊。

—得經歷痛苦和艱辛，您明白嗎？

—……

—不明白。

—爲了建設我們理想的家園，就得打碎瓶瓶罐罐，別無它法，我們得學會忍受痛苦，以及與他人分擔痛苦，誰能承受更多的痛苦，誰就能勝利，不能單憑臆想，就希望有一個更美好的世界，也不能指望別人拱手給你一個你想要的美好世界，那些人是不會妥協的，得要戰鬥，而且一旦你明白了這個道理，你就不會區分什麼老人、小孩、朋友或是敵人了。你是在打碎土塊，沒有什麼辦法，根本找不到一種不傷害他人的做法。就在一切都顯得太可怕的時候，我們有我們的夢想支撐著我們，我們深深懂得，不管代價多大，得到的回報是無限的，因爲我們不是爲了錢，或是爲了有能耕作的田地，抑或是爲了旗幟而戰鬥，我們是爲了建立一個更美好的世界才那樣做的，您明白這意味著什麼嗎？這意味著我們當初是爲了還給千百萬個民衆一種體面的生活，能讓他們活得幸福，能不受到蹂躪或恥笑地，活得有尊嚴，死得也有尊嚴，我們沒有什麼了不起的，千百萬民衆才是一切，我們是爲了他們才在那裏堅持著，是一個孩子還是十個、一百個孩子撞在牆上死了，都無關緊要，重要的是打碎土塊，而我們正是這樣做了，其他千百萬個孩子在企盼著我們這樣做，而我們正是這樣做了，也許，您應該……

—您眞的相信這些嗎？

—當然相信。

—經過了這麼些年，您還這樣相信嗎？

—我爲什麼不該相信呢？

—你們贏得了戰爭。您覺得這是一個更美好的世界嗎？

—我從來沒有這樣問過自己。

—這不是眞的。您千百遍地問過您自己，只是您害怕回答。就如同那天晚上，您在馬坨．盧豪究竟做了些什麼，您也千百遍地問過您自己，當時戰爭已經結束了，但戰鬥還在那裏繼續，殘酷地殺害了一個您從來沒有見過的人，不讓他有上法院申訴的權利就將他殺了，唯一的理由就是，旣然殺戒已開，想收場也不那麼容易了。在這些年裏，您千百遍地問過您自己，爲什麼自己會捲入那場戰爭，而之所以在您的頭腦裏反覆出現了您所謂的更美好的世界，無非是爲了不去想他們挖去您父親雙眼那可怕的一天，無非是爲了使那些從以前到現在始終充斥在您記憶之中所有被殺害的死者不再浮現，那是一種令人難以忍受的回憶，那也許就是您爲之戰鬥的唯一的、眞正的理由，可是當初，因爲您頭腦裏除了報仇沒有別的，報仇這個詞，現在您應該有勇氣說出來了，你們個個都是爲了報仇而殺人，沒有什麼好感覺羞恥的，復仇是醫治痛苦的唯一良藥，爲了不至於發瘋而尋找到的那一切是一種毒品，它使人們變得勇敢善戰，但是你們卻再也無法擺脫這種毒品，是它毀了你們的全部生活，使你們的生活始終鬼影憧憧，爲了從四年的戰爭中倖存下來，你們毀了自己的全部生活，你們甚至連現在都不再知道……

—不是的。

—你們連生活是什麼都忘了。

—關於生活，您知道些什麼？

—是啊，關於生活我知道些什麼？我只是一個瘋老太婆，是不是？我無法明白，當時我還是個小女孩，我又能知道什麼呢？現在我把我所知道的告訴您，當時我橫躺在一個地洞裏，來了三個男子，抓住了我的父親，然後……

—您別說了。

—您不喜歡這個故事嗎？

—我一點兒都不後悔，當時必須戰鬥，我們正是那樣做了，我們沒有在家裏關上窗戶等著戰爭結束，我們從地下出來，我們做了我們應該做的事，這是事實，其餘的您現在愛怎麼說就怎麼說，您想找什麼理由都可以，但現在不一樣了，要明白這一切不能脫離當時的情況，您當時不在場，您當時還是一個小女孩，這不是您的過錯，但您無法明白。

—您解釋給我聽吧，我會明白的。

—現在我累了。

—我們有的是時間。您解釋給我聽吧，我聽您說。

—讓我安靜些吧，我請求您。

—爲什麼？

—您該做什麼就做吧，只是您得讓我平靜平靜。

—您怕什麼呢？

—我不怕什麼。

—那是爲什麼？

—我累了。

—爲什麼累呀？

—……

—……

—我求您……

——……

——……

——……

——我求您。

於是女子垂下了目光。然後，她身子往後一挪，離開桌子，靠在椅背上。她環顧了一下四周，好像她在那個時刻才突然發現自己是在什麼地方似的。男子坐在那裏：他一隻手放在另一隻手上揉搓著手指，這是他身上唯一動著的東西。在咖啡館盡頭，那三個音樂家正在演奏過去年代的音樂。有人在跳舞。

他們就這樣默默地待了一陣。

然後，女子說到多年前一個節日裏的一些事情，有位有名的歌唱家邀她跳舞。她低聲地講述說，那位歌唱家年歲挺大的，但步履輕盈，在音樂結束之前，他對她說，從一個女人的舞步中就能看出她的命運。然後還對她說，她跳舞的樣子讓他感到自己彷彿是在犯罪。

女人笑了，而且又環顧一下四周。

然後，她又說了另一件事。是關於那天晚上在馬坨・盧豪農莊的事。她說當她見到地洞的活門蓋被掀開時，她很害怕。她轉身去看那個小夥子的臉，她覺得一切都似乎是非常自然，甚至是必然的。她說，從某種意義上說，她對當時正在發生的事情感到欣喜。後來他又放下了地洞暗門，這時她眞的害怕了，是她一生中最害怕的一次。重新又是一片漆黑、重又聽到腦頭上方的地板上水果籃筐拖動的聲音、小夥子遠離而去的腳步聲。她茫然不知所措。她永遠無法擺脫那種恐怖的心理。女人靜默了一陣，然後補充說，孩子們的想法有點怪。她說，我想在那種時刻，我唯一企望的就是：那個小夥子能把我帶走。

後來她又繼續說了一些別的事情，關於孩子們的，關於懼怕的心理的，但男子並沒有在聽她說話，因爲他正在琢磨著，他很想讓女子知道的那些話該怎麼說會比較好。他本來想對她說，那天晚上，當他望著她那麼端莊，那麼乾淨地——乾淨地——蜷縮在地洞裏時，他心裏浮起一種安詳的感覺，這種感覺後來他一直沒有再感受到過，或者說，有過很少幾次，那是後來當他面對一片美好的景色，或是凝視著某種動物眼睛時。要是他能夠向她確切地解釋那種感受，他會很高興，但他深知乾淨地這個詞還不足以描繪他有過的那種感受；另外，他腦子裏沒想別的，只是想到自己像是面對某種已經徹底了結的事情一樣。就像過去他曾多次感受過的那樣，戰爭期間，在他身上所發生的一切事情很難給予一個名詞。似乎像是種魔法效應，那些對生活有過體驗的人說不出什麼來，而能說出道理來的人卻又沒有體驗生活的命。他抬起目光看女子，看著她說話的神情，但沒有聽她在說什麼，因爲他此時浮想聯翩，他太累了，抵擋不住那些思緒的侵擾。他就這樣靠著椅背待在那裏，什麼也不做，直至開始哭泣起來，不帶任何羞澀，甚至也沒有用雙手遮掩自己的臉，也沒有控制自己的臉孔不讓其因爲傷心而扭曲。淚水一直流到他襯衣的領子上，滑落在他那白淨的脖子上，那脖頸就像世上所有老人的脖子那樣沒有刮乾淨。

女子停止不說。她沒有馬上發現他在哭泣，現在她不知道如何是好。她朝桌子湊過身去，喃喃地悄聲說了幾句。然後，她本能地轉身看另外幾張桌子，她看見坐在附近的兩個小夥子正在看著男子，其中一個還在笑。這時，她衝著那個在笑的年輕人嚷嚷了幾句，當那年輕人朝她轉過身來時，她盯著他的眼睛，大聲地朝他喊道：

—沒什麼好笑的。

然後她替男子的杯子斟滿了酒，遞給他。她不再說什麼。她重又靠在椅背上。男子繼續哭著。她不時地用惡狠狠的目光掃視四周，就像一頭雌性動物堅定地守衛在自己小寶貝所在的巢穴前面那樣。

—那倆人是誰呀？—櫃檯後面的老闆娘問道。服務生明白她指的是那邊桌子旁的兩位老人。

—沒什麼事—，他說。

—你認識他們？

—不認識。

—剛才，那個男的一直在哭。

—我知道。

—他們可能喝醉了……

—沒有，沒什麼事。

—那你說說，他們來這裏幹嘛……

在服務生看來，在咖啡館裏哭沒什麼不好的。但他沒說什麼。他是個說話口音有點怪的年輕人。他把三只空杯子放在櫃檯上之後，就又回到顧客坐的桌子中間去。

老闆娘轉身看那兩個老人，在那裏看了他們好一陣。

—她年輕時一定是個漂亮的女人……

她大聲地說道，儘管沒人聽她說。

老闆娘年輕的時候曾夢想成爲電影演員。人人都說她是個舉止大方的女孩，又喜歡唱歌和跳舞。她聲音好聽，很尋常，但是好聽。後來她遇見了一位美容產品的經銷商，把她帶到首都爲美容晚霜拍廣告照片。她把照片疊好裝在一個信封裏寄回家，裏面還放了點錢。她花了幾個月的工夫試著給人唱歌，但事情沒有什麼進展。她拍廣告照則比較順利。她也爲髮膠、口紅之類的拍廣告，有一次還爲一種防治紅眼病的眼藥水拍廣告。她放棄了拍電影的打算。人們說當電影演員跟誰都得上床，她不願意做那種事情。有一天她得知有人要招聘電視節目主持人。她去應試。由於她舉止大方，又有一副好嗓子，前三輪考試都通過了，最後落選的人，她是第二名。他們對她說她可以等一等，說不定有空出來的名額可以遞補。她等著。兩個月之後，她去主持廣播節目，是中央台的頻道。

有一天，她回家了。

她順利地結婚。

現在，她在市中心有一家咖啡館。

桌旁的女子身子略略前傾。男子早已經停止哭泣。他從口袋裏掏出一塊大手絹，擦乾了眼淚。他說：

—很抱歉。

然後，他們就不再說話了。

似乎他們眞的沒有什麼要在一起互相說清楚的了。

不過，女子突然朝男子探過身去說道：

—我得要求您做一件有點愚蠢的事情。

男子抬起目光看她。

女子看上去似乎很嚴肅。

—您願意跟我作愛嗎？

男子愣在那裏，一動不動地默默望著她。

看到他這樣，剎那間女子害怕了，她生怕自己什麼也沒有說，生怕自己只是想到過要說出那句話而又沒眞地說出口來。於是，她慢慢地又重複了一遍。

—您願意跟我作愛嗎？

男子微微笑了笑。

—我老了—，他說。

—我也老了。

—……

—……

—我很遺憾，可惜我們都老了—，男子又說道。

女子意識到自己從沒考慮到這一點，而且意識到就此不知該再說些什麼。於是，她又想到另外一件事情，說道：

—我沒有瘋。

—您瘋不瘋沒關係。眞的。對我來說無關緊要。不是因爲那個。

女子在那裏想了想，然後說道：

—您不必擔心，我們可以去旅館，可以由您選擇。一家沒人知道的旅館。

於是，男子似乎明白了什麼。

—您希望我們去旅館？—他問道。

—是的。我喜歡。您帶我到旅館去吧。

他慢慢說道：

—在旅館開一個房間。

他這麼說，好像要是說出旅館的名字，就容易想像出那房間會是什麼樣子，而且就像見到了那個房間，就能明白他是不是樂意死在那裏。

女子說他不必害怕。

—我不怕—，他說道。

我不再害怕什麼了，他想道。

女子微微笑了笑，由於他一聲不響地待在那裏，在她看來這意味著他同意了。

她在手提包裏尋找著什麼，然後從裏面取出小錢包，把它放在桌上朝男人的方向推過去。

—您拿去付錢吧。要知道，我是不喜歡咖啡館裏由女人付錢，可是是我邀請您來的，我很在意這個。您拿去吧。等我們出去以後，您再把錢包給我。

男子拿起了錢包。

一個拿著黑色緞面錢包付錢的老人，他想。

他們坐著出租車穿過城市，那輛出租車像是新的，車座上還帶著塑膠薄膜呢。女子一路上一直透過車窗往外看。她從沒有見過那些街道。

他們在一家名叫加利福尼亞的旅館前面下了車。旅館的霓虹燈招牌是自上而下縱貫整個四層樓房豎著掛的。霓虹燈的紅色字體按著字母先後逐一閃爍發亮。當整個招牌上的字母都亮齊了時，就連續閃爍一陣，然後再完全熄滅，再從第一個字母從頭亮起。加、加利、加利福、加利福尼、加利福尼亞。加利福尼亞。加利福尼亞。加利福尼亞。然後漆黑一片。

他們倆並排站在旅館前竚立了一會兒，從外面看那家旅館。然後，女子說，我們進去吧，就徑直朝旅館入口處走去。男子跟在她後面。

櫃臺看了一下證件，並問他們是否想要一個雙人房。但他的聲音中不帶任何詫異。

－哪個房間都行－，女人回答說。

他們要了一間朝著馬路的房間，在四樓。因爲沒有電梯，櫃臺的人表示歉意，並主動說行李箱可以由他送上去。

－沒有行李箱。我們丟了－，女人說道。

負責櫃臺的人微微一笑。他是個好人。他目送他們消失在樓梯上，沒有把他們往壞處想。

他們走進房間，兩個人誰也沒開燈。外面霓虹燈的紅色閃光映照在牆上，以及屋裏的擺設上。女子把手提包擱在椅子上，走近窗口。她拉開透明的窗紗，看了一會兒下面的街道。爲數很少的幾輛小汽車從容地在街上駛過。從對面大樓牆上幾扇燈火通明的窗戶裡，可以窺視到幾個普通人家小天地裏平素的夜晚——愉快的或悲傷的。她轉過身去，摘下披肩，把它放在一張小桌子上。男子站在房間中間，等待著。他正琢磨著自己是不是該往床上坐，或者哪怕是說幾句有關那個房間並不太糟糕之類的話呢。女子見他身上仍穿著那件外衣站在那裏，她覺得他永遠是那麼孤傲，就像電影裏面的一個英雄似的。她走近他，解開他的外衣，讓其順著肩膀滑落在地上。他們靠得那麼近。他們相互看了看對方的眼睛，這是他們這一生中的第二次。然後他十分舒緩地向她俯過身去，因爲他想親吻她的雙唇。她一動不動，低聲說道：別這樣，讓人笑話。男子怔住不動了，他就那樣身子微微前傾地呆在那裏，心裏異常清楚地意識到，一切正在結束。可是女子慢慢地舉起雙臂，同時朝他跨近一步，擁抱他，起先是溫柔地，然後便以一種無法抗拒的力量緊緊地摟著他，頭依傍在他的肩上，把整個身子緊貼在男子的身上。男子睜大眼睛。他看著自己眼前窗子的閃光。他感到女人的身體緊緊地貼著他，她的雙手輕輕地撫摸著他的頭髮。他閉上了雙眼。他摟住女人。用一個老人的全部力氣把她抱在懷裏。

當她開始脫衣時，她微笑著說：

—您別期待太多。

當他俯在她身上時，他微笑著說：

—您真美。

從隔壁的房間裏傳來了收音機的聲音，剛剛好能聽得見。男子在大床上仰躺著，身上一絲不掛，凝望著天花板，琢磨著自己是因爲疲憊，或是因爲喝多了葡萄酒而頭暈。女子頭擱在枕頭上，閉著雙眼，臉朝著男子，一動不動地躺在他身邊。他們手拉著手。男子本來還想聽她說話，但他知道再也沒有什麼可說的了，而且在那種時刻，說什麼話都會很可笑。因此她沉默不語，任由疲倦模糊他的思緒，困倦中他隱隱約約地記起多年前的那個晚上所發生過的事情。窗外夜色朦朧，時間，對迷惘中的人來說，似乎是凝固了。他想，他應該感激那女子，是她像母親拉著孩子似的，牽著他的手一步步把他帶到那裏的。聰慧而又從容地做了這一切。現在，餘下要做的事情就不會很難了。

他把女子的手緊握在自己的手裏，她也緊握了一下他的手。他本想側過身去看她，但他卻放開了她的手，側轉身，背對著她。他覺得他這樣做是女子所期待的。像是某種可以讓她自由思考的舉動，而從某種意義上來說，像是給予她某種寧靜的空間，以便讓其做出最後一著棋的決斷。他感到自己睏得快要進入夢鄉了。他還想到自己這樣赤身裸體地躺著挺難堪的，因爲大家說不定會發現他，會看到他這副模樣。但他不敢對女子說出來。於是他稍稍朝她轉過頭去，剛剛能看得見她，並且說道：

—我想讓您知道我的名字叫佩德羅．甘托斯。

女子慢慢地重覆了一遍他的名字。

—佩德羅．甘托斯。

男子說道：

—是的。

然後她重又把腦袋擱在枕頭上，閉上了雙眼。

尼娜繼續在心裏重覆了一陣那個名字。就像一顆光滑的小玻璃球在傾斜的托盤上跳動著似地。

她轉過臉去看她放在房門旁邊椅子上的手提包。她想走過去拿，但她沒有那麼做，仍然躺在床上。她想到了賣彩券的小亭子，想到了咖啡館的服務生，想到座位仍包著塑膠薄膜的出租車。她重又看見了雙手揷在外衣口袋裏掉眼淚的佩德羅·甘托斯。當他屏住呼吸，親撫著她的頭髮時，她重又看了看他。我是忘不了這一天的，她對自己說道。

後來她轉過身，挨近佩德羅·甘托斯，做了當初她在洞裏做的那個動作，當初正是因爲那樣，她才得以倖活下來的。她蜷縮在他背後：把膝蓋蜷向胸部：雙腳併放，直到感覺兩條小腿完全併齊、大腿柔軟地併合在一起爲止，雙膝像兩隻斜放著的茶碗一個壓在另一個上面，兩個腳踝緊緊地對在一起：她微微縮著肩膀，雙手合著掌心在兩腿中間滑蹭。她看了看自己。她看到的是一個上了歲數的老姑娘。她微笑了。像是縮在甲殼裏的軟體動物。

於是，她想道，儘管生活是那麼不可思議，也許我們唯一的願望就是想重新回到孕育了我們的地獄，就是想生活在把我們從那個地獄裏救出來的人的身邊，我們正是帶著這唯一的願望生活下來的。她試著問自己，他對那種恐怖盲目的推崇源自何處，然而她發現自己無法回答。她懂得的只是，想回到自己被摧殘過的地方，而且多年來夢想重現那一刻的那種本能的願望比什麼都更強烈。她想到的只是，誰救過我們一次，就會永遠救我們。那是在一個深邃的地獄裏，我們就是從那裏來的。但突然，寬容之心油然而生。不流血。

對面的霓虹燈和廣告招牌，紅色念珠般地迸發出耀眼的光亮。似乎像是燃燒中的一所房子發出的沖天火光。

尼娜把前額靠在佩德羅・甘托斯的背上。她閉上眼睛，睡著了。

# 感謝辭

我是在波士頓的伊莎貝拉・斯圖爾特・加德內博物館作客期間開始寫這本書的。那是一個奇怪的地方。是一種威尼斯貴族式的房子。但那不是威尼斯。那純粹是建築師——一個美國的女收藏家——想像出來的，她把一大批藝術品收藏在那裏，並把它留給了後人，唯一的條件是：一切保持原樣。所以，一切都按她的意願陳列在那裏。人們就像去參觀一位家產萬貫的美國阿姨的住所似的。正像人們常說的那樣，果眞不虛此行。

在此，我愉快地憶起皮耶納娜・卡瓦爾基諾和博物館全體人員，在那些日子裏，他們就在我身邊，以波士頓人的方式得體地接待訪客。我得感謝他們給了我安靜的寫作環境，否則我是無法開始寫這個故事的。

巴瑞科

LOCUS

LOCUS

LOCUS

LOCUS